dear+ novel
Nemuri no mori no kataomoi・・・・・・・・・・・・・・・

眠りの杜の片想い

安西リカ

新書館ディアプラス文庫

眠りの杜の片想い

contents

illustration : カワイチハル

眠りの杜《もり》の片想い

nemuri no mori no
kataomoi

1

なんだか不思議で懐かしい夢を見ていた。

賑《にぎ》やかで雅《みやび》な音楽に乗って、菩薩《ぼさつ》さまがひらひらゆるゆる天空を舞っている。楽団やおつきの者にこっちにおいでと手を差し伸べられて、値賀《ちか》も群青《ぐんじょう》の空に飛び出した。ふんわり軽い雲をスプリングにして、ぽわんぽわんと上昇していくと、尾の長い鳥がすいっと目の前を横切っていく。鳥はゆったり旋回《せんかい》して、誘導するように値賀の頬に尾を触れさせた。つるつるなめらかで気持ちがいい。半透明に輝く小鳥たちが尾の長い鳥のあとをついていく。星屑《ほしくず》みたいで綺麗だ。値賀も喜んでそのあとに続いたが、ふとうしろを見ると、ずいぶん地球から遠いところまで来てしまっていた。

ちょっと心細くなって、もう帰ろうかな？　と思ったが、でももう少し遊んでいたい気もする。

値賀、と呼ばれて上を向くと、さっきの菩薩さまが手招きしていた。よくよく見ると、菩薩さまは祖母だった。仏間の壁に飾ってある写真で顔を知っている。値賀が物心ついたときにはもう亡くなっていたが、値賀をとても可愛がってくれたらしい。髪を撫でられたときの心地よさや、「この子はきっと『加賀《かが》さん』だよ」という優しい声を、値賀もなんとなく覚えている。

でも、だから、値賀はいつも祖母に対しては少しだけ申し訳ない気持ちになった。

「おばあちゃん、ごめんね。俺は『加賀さん』どころか、『護杜《もりや》さん』でもなかったよ」

菩薩さまの装束《しょうぞく》をつけた祖母は楽しそうにほほほと笑い、何か言った。

聞こえないよ、と耳を澄ますと、値賀、と耳に馴染んだ声が鼓膜《こまく》を震わせた。

これは姉の有賀《ゆか》の声だ。

「値賀、時間だよ」

「――む…」

あ、やっぱり夢か。

夢と現実のはざまでゆらゆらしていた値賀は、羽毛布団を抱え込んだまま現実のほうに背を向けた。

「値賀」

姉の声が少し厳しくなった。でももうちょっとだけ、うつらうつらしていたい。

「起きろ、値賀。今日は祈禱《きとう》だ」

軽く肩を揺すられたが、値賀は頑《かたく》なに目をつぶっていた。

「値賀」

「むん…」

「時間だって」

「むむん…」

姉の手が、がっと布団をつかんだ。

「むんじゃない！　祈禱に遅れるよっ！」

「わあっ」

突然布団を引っぺがされ、その勢いで値賀はベッドから転がり落ちた。

「いったー」

「ありゃ、ごめん」

畳《たたみ》にごろんと派手に転がって座椅子に頭をぶつけた値賀に、有賀が慌てて手を差し出した。

七つ上の姉は、なんだかんだで弟に甘い。

「大丈夫？」

「ひどいよぉ」

「って、あんたがなかなか起きないからでしょー」

やっと値賀が目を覚ましたことを確認すると、有賀はぴんと指先で値賀の額を弾いた。

「いたっ」

「目ぇ覚めたか、ねぼすけめ」

値賀の前にしゃがみこんで、有賀がにかっと笑った。自分が人を寄せつけないタイプの顔をしているので、値賀は昔から姉の愛嬌《あいきょう》ある丸顔をいいなあ、と思っている。きれいだと褒《ほ》められることが多いが、値賀自身は自分の容貌《ようぼう》が少し重荷だった。神秘的だとか翳《かげ》があるとか言われると、中身とあまりに違いすぎて戸惑ってしまう。

「うう、何時…？」

「八時。あんたゆうべ九時には眠いって部屋帰ったでしょ。しっかり十時間は眠ってるはずだよ」

値賀は驚異のロングスリーパーだ。二十二歳の今でも平均十時間は眠る。子どものころはそれこそ一日の大半眠っていて、なにかの病気じゃなかろうか、と心配した両親は病院を回りいろいろな検査を受けさせたという。結果は毎回「そういう体質」で、くうくう眠っている値賀は、ただただ睡眠時間が長いだけの健康体だった。

「こんなに寝てばかりいるなんて、きっとこの子は『加賀さん』だね」

当時はまだ健在だった祖母は、孫にそんな期待を寄せていたらしい。まったくもって、申し訳ない。

値賀の生家である森谷《もりや》家は、かつて「護杜《もりや》」という屋号を持っていた。民俗学の書籍にも載っている「護杜の神懸《かみが》かり」によれば、森谷家は代々降霊術《こうれいじゅつ》を生業《なりわい》にしており、祖先から降りてくる「お触れ」でこの地域を洪水《こうずい》や干ばつなどの自然災害から守ってきたという。

家の一番広い蔵の中には古ぼけた祠《ほこら》のようなものが祀《まつ》ってあって、それはこの一帯の地主たちが「加賀さん」に感謝のしるしとして捧《ささ》げたものだと記録されている。江戸末期ごろのご先祖様で、降霊によって飢饉《ききん》や自然災害を事前に察知した上、優《すぐ》れた政治力でこの近隣の村人たちを団結させ、大きな被害を出さないように尽力《じんりょく》した女性だという。

今も大座敷には「加賀さん」の肖像画が飾ってあるし、直属の子孫が名前に「賀」の字を取るのも加賀さんにあやかってのことだと聞いた。

明治に入って森谷姓になってからも「死者の声を伝える」護杜の血脈は続き、この地域一帯の畏敬《いけい》の対象であり続けた。吸収合併《がっぺい》されて現在は森ノ谷《もりのや》市になっているが、今でも年配の人たちは「ここいらは護杜さんの土地」と認識している。

「今日のご祈禱、榊ノ原《さかきのはら》の資料館でやるんだったよね」

ふあー、とあくびをしながら、値賀はよっこらせ、と立ち上がった。

「そう。あのあたりに新しく温泉施設作るでしょ。古墳あるのに掘り返しても大丈夫かって町長さんが心配して聞いてきたんだよ」

榊ノ原古墳群はこの近辺に散らばる八世紀の遺跡だ。

「大丈夫なんだよね?」

「問題ないよ。あそこは空《から》っぽ。隣の藪池《やぶいけ》はまずいけどね。最近、動物霊がうじゃうじゃいるし」

「へー、そうなんだ」

姉は霊が視《み》える「護杜さん」だ。

森谷家の人間がみな霊能力を持っているわけではなく、普通の人には視えないものが視える体質の森谷家の者を、この近辺の人たちは「護杜さん」と呼んでいる。その中でも死者の口《こう》述《じゅつ》までできる強力な霊能力者は、かつての功績に敬意を表して「加賀さん」と呼ぶならわしだった。ただしそこまでの力を持つ者は滅多《めった》に顕《あらわ》れない。

そもそも「護杜さん」自体が減っていく一方なのだ。

霊能力は性別に関係なく顕れるが、血を引き継ぐのは女子のみで、だから森谷家の女子は代々婿養子《むこようし》をとる。しかしその力は確実に弱まっていっているし、数も減った。

「護杜さん」だった祖母は三人きょうだいの末っ子で、上の二人は「護杜さん」ではなく、未婚のまま早くに亡くなった。祖母の子どもは母一人で、さらに母は「護杜さん」ではなかった。もはやここまでか、と思われたところに姉が産まれたが、姉は本人いわく「あたしは間違いなく森谷家史上最弱の能力者」で、霊視《れいし》できる能力もコンディション次第なところがあった。ちなみに祖母の期待とは裏腹に、値賀は霊感ゼロだ。

あとは有賀が産むであろう子どもに期待、といったところだが、「地震はともかく、台風も長雨も、死んだ人に先のこと訊かなくても気象庁が注意喚起《かんき》してくれるご時世ですし。必要とされないものは消えていくのが世の理《ことわり》ですよ」と姉本人はクールだ。幼馴染みの彼氏は一応婿《むこ》養子《ようし》にきてくれることになっているが、両親も遠戚も、なんとなく「有賀までだろうな」と諦めている。

「あたしは今日古城戸《ふるきど》さんちのおばあちゃんとこに霊視にいくから、ついでに送ってくよ。十時には出るから、早くご飯食べて着替えといで」

「了解」

値賀がウン、とのびをすると、ぎし、と家鳴《やな》りがした。窓から見える森の木々がざわっと揺れる。古い日本家屋は、なぜか天気のいい昼間でも薄暗いところがあった。有賀がふと天井を見上げた。

「なんかいる?」

「んー、…そこの木目が動いたけど、わかんないな」

姉は常々「この、うっすらある霊能力がうっとうしい」と嘆《なげ》いている。値賀にはまったくわからないが、視えそうで視えなかったり、視えるときと視えないときがあるのがイラつく、ということのようだ。

「気配がやさしかったから、もしかしたらうちらのご先祖さまかもね」

「あ、そういえばそんな夢見たよ」

「じゃあ値賀の夢の名残《なごり》が顕在《けんざい》したのかもしんないね」

一般的とは言い難《がた》い話をしながら階段を下り、値賀は顔を洗いに洗面所に行った。

コンクリートに細かいタイルを張りつけたレトロな洗面所は、設備だけは最新式のものを入れている。肩まである髪をゴムでくくると、値賀はざぶざぶ顔を洗った。

「今日は目の下にクマできてないな。よしよし」

鏡に顔を近づけて寝不足が顔に出ていないか点検して、値賀は一人うなずいた。ストレートの黒髪やまなじりの切れ上がった二重《ふたえ》の眸《ひとみ》がただでもきつい印象を与えるのに、そこにクマができると目元に険《けん》が漂《ただよ》い、さらに迫力がでてしまう。

ロマンチストの父親は、趣味の句会《くかい》でそんな息子を「木立《こだち》の上に輝く冬の三日月のようだ」と称《たた》える句を詠《よ》んだらしい。恥ずかしいからやめてほしいと頼んだのに、会員たちに傑作だと褒めそやされて、父は短冊《たんざく》にその句をしたため、書斎の棚に飾っている。

「まあでもこれでちょっとでも家に貢献できるんなら、いいことか」

霊能力はゼロだが、値賀が装束をつけてしずしずとお祓《はら》いに赴《おもむ》くと、それだけで場がぴしりと引き締まる、らしい。

実際に霊が視える姉は、本人いわく「豆狸《まめだぬき》が化《ば》けてるようにしか見えん」ので、巫女《みこ》装束をつけても今一つ重みが足りない。儀式の場では見た目が優先だろうということで、高校生のころから「ご祈禱」や「お祓い」は値賀が担当することになっていた。

髪を後ろにきりりと結《ゆ》うと、値賀は座敷に行って手早く白衣《びゃくえ》に紺袴《こんばかま》をはき、胸元には金具のお祓い神具を差し込んだ。

「おはよう」

「あら、ちょうどよかった」

すっかり身支度をすませてキッチンに行くと、母親がおにぎりにラップをかけようとしているところだった。

「もう出かけるから、お味噌汁、自分であっためてね」

「はーい。いってらっしゃい」

婿養子できた父は役場で働いていて、母はお寺の保育園でパートをしている。能力者だった祖母が亡くなったあと、姉と値賀とで「護杜」の特殊な家業を継いではいるが、他はわりと普通の四人家族だ。

「値賀ー、そろそろ行くよ」

朝ごはんを食べ終わり、片づけをしていると玄関のほうから有賀の声がした。この春に大学を卒業し、実家に帰ってきたばかりなので、値賀はまだ自分の車がない。急いで戸締まりをして姉の車に乗り込んだ。

「帰り、町長さんに送ってもらえなかったら電話して。迎えに行くから」

七つも年が離れていると、姉は姉というよりほぼ保護者だ。

「いつもありがとね」

「いいってことよ」

怜悧《れいり》な顔をしてのほほんとした値賀と、愛嬌のある丸顔で辛辣《しんらつ》なところのある有賀は、昔から妙にウマが合った。

家の敷地を出ると県道までは細い峠道《とうげ》で、春先の若葉が窓の外を流れていく。これから夏に向かってどんどん緑が濃くなるこの季節は「なにかいいことがありそうだ」というわくわくした期待で満ちている。そうだったらいいなと思う。

「姉ちゃん、祓詞《はらえことば》流していい？」

「いいけど」

姉の許可を得て、値賀はスマートフォンをスピーカーに繋いだ。

「値賀ってへんなとこで真面目なんだよねえ。ちょっとくらい間違ったってどうせ誰にもわかんないのに」

霊視のできる姉は、祈禱はあくまでもパフォーマンスと割り切っている。たしかに祓詞自体に意味があるわけではなく、姉に言わせれば「あんなの電話のモシモシくらいのもんよ」ということだが、それでも祈禱料をもらうとなると適当にごまかすのは気分的に据《す》わりが悪い。

「祈禱料いただくんだし、やっぱりこういうことはちゃんとしないと」

「真面目だねえ」

独特の節回《ふしまわ》しを流しながら、車は順調に県道に出た。そこから水田を突っ切るように十分ほど行くと、資料館が見えてくる。どんぐりを地中に埋《う》めたような外観で、駐車場にはいつになくたくさんの車が停まっていた。

「あれ？　なんか今日、車多い…？」

「そういえば、地盤調査の会社の人が東京から打ち合わせに来るかもしれないから、そのときにはご祈禱にも参加してもらおうとか言ってたな」

「そうなの？」

見知った顔しか並ばなくても、正式なご祈禱は緊張する。その上知らない東京の人たちまで参加すると聞いて、値賀はいきなり背筋が伸びた。

「な、何人くらいかな…？」

値賀の怯《おび》えた顔に、有賀がぶはっと笑った。

「なにびびってるの。大丈夫、値賀が黙って立ってたら向こうのほうがびびっちゃうって。なんか妖術でも使いそうだもん。ほら」

有賀がフェンダーミラーを指さした。黒髪をきりっと後ろにまとめた値賀が映っている。霊能力がまったくないにもかかわらず、値賀が「護杜の祈禱」を担《にな》っていることに関して一度も文句をつけられたことがないのは、ひとえにこの見た目のおかげだ。

「それに、もしかしたら値賀好みの格好いい人がいるかもよ？」

有賀がにやっとした。

「もー、またそんなこと言って…」

値賀がゲイだということは、近しい人はみな知っている。自分で発表した記憶はないのに、と不思議だが、あの人素敵だな、とどきどきしているとたいていそれもばれている。

もともと男性の「護杜さん」は美貌《びぼう》の誉《ほま》れの高い人が多く、中には男性ながら土地の有力者の愛人だった者もいた。そういう背景もあって、身近な人たちは「値賀は男の人が好きらしい」とごく普通に受け止めているし、値賀自身もあまり葛藤《かっとう》はなかった。

「さ、行っといで」

「うん、じゃあね」

資料館の正面入り口から中に入ると、値賀は祈禱の行われる展示室に入った。プロジェクターの前に祭壇がしつらえてあり、榊や白い酒器《しゅき》もきちんと並んでいる。値賀も緊張しつつ、自分の装束が乱れていないか確認した。そうこうしているうちに、出入り口のほうから複数の足音や話し声が聞こえてきた。

「――で、こちらが今日の会場になります。あっ、これは森谷さん」

案内してきた職員が、値賀に気づいて慌てて近寄ってきた。

「本日は、お世話になります」

緊張を隠し、できるだけ平静を心がけて、値賀はゆっくりお辞儀《じぎ》をした。

職員の後ろには、見知った役場の人間とは別に、スーツの男たちが数人いた。年配の男が一人、三十代くらいの男が一人、あとは二十代の若手が固まっている。そのうちの三十代の男に、値賀は内心ではっとした。姉の「値賀好みの格好いい人がいるかもよ」という発言が脳裏《のうり》をよぎる。

値賀は昔から眼鏡をかけている男に弱かった。長身で、鼻筋の通った男らしい容貌《ようぼう》が、値賀の好きな俳優にちょっと似ている。

「こちらこそ、急なお願いにもかかわらず、快《こころよ》く引き受けてくださってありがとうございます。もういらしてたんですね。気づきませんで、お迎えもせず、失礼しました」

職員は値賀に慣れているが、その後ろのスーツの一団は明らかにたじろいでいた。値賀を初めて見る者はたいていこうなる。眼鏡の男も目を見開いていた。

実の父親に「木立の上に輝く冬の三日月のようだ」などという恥ずかしい喩《たと》えで句を詠まれてしまう値賀の容姿は、中身の平凡さとあまりにかけ離れていて、自分でもときどき困惑する。こうして初対面の人にいちいち驚かれることにも、値賀は気が引けてしょうがなかった。

「祈禱にご参加くださるかたは、これで全員ですか？」

「はい、あとは町長ですね」

手洗いに行っているのですぐ来ると思う、と言いながら職員はてきぱきスーツの男たちを値賀の前に誘導した。

「突然なんですが、こちら、地盤調査で実際に榊ノ原地区を掘削《くっさく》される会社の方です。今日は調査前の打ち合わせに来られたんですが、せっかくなのでご祈禱にも参加していただこう、ということになりまして」

こういう場面ではあまり喋《しゃべ》ってはならぬ、と姉に言い含められている。値賀は顎《あご》を引いて静かに話を聞いていた。

「よろしくお願いいたします」

年配の男が名刺を差し出し、値賀は丁寧に受け取った。眼鏡の男がそれに続く。名刺には「TOC開発・地質調査技士　紀州充亮《きしゅうみつあき》」とあった。

間近で見ると、紀州は惚れ惚れするほど値賀の好みのタイプだった。すっきりと整った顔だちなのに、氷のような印象を与えるらしい自分とは正反対で、柔和な性格がにじんでいる。

「よろしくお願いします。紀州です」

温かみがあって、声までいい。値賀は精一杯平静を装《よそお》って「こちらこそ」と頭を下げた。

全員と挨拶《あいさつ》を交わすと、遅れてきた町長も含めて着席し、値賀は精神統一の挙措《きょそ》のあと、ゆっくり祭壇の前に立った。

森谷の家業はあくまでも霊視であり、降霊だ。目には見えないなにがしかを捉えることで人々の助けになってきた。宗教儀式めいた「祈禱」を始めたのは曾祖母《そうそぼ》で、「それでひと様は安心するのだから」と神事を真似《まね》て儀式にしたらしい。神事をアレンジして祓詞や作法を考案したのも曾祖母だ。だから姉は「あんなのモシモシみたいなもんよ」と言って軽視するのだが、それは姉が本当の能力者だからだ。でも値賀は違う。何も見えないし何も聞こえない。ご祈禱は、姉が「大丈夫だよ、何もない」と言ったのに値賀がハンコを押すようなものだ。だからこそ、せめて自分にできる誠意は尽くしたい。

曾祖母考案の「それっぽい」祓詞を一言一句間違わないように唱《とな》え、決められた通りの作法をこなす。

榊を頭上に捧《ささ》げ、祓詞を唱え、十分ほどで祈禱は終わった。

「ありがとうございました」

神妙に値賀の所作を見守っていた面々に向かって深々と一礼する。ほっとした空気が流れ、全員が値賀に向かって頭を下げた。

「森谷さん、お疲れさまでした」

町長が近寄ってきた。

「これで安心して地盤調査に入ってもらえます」

町長は昔、祖母に「蛇に気をつけなさい」と言われて命拾いをしたとかいう人物で、何かにつけて森谷に好意を示してくれる。

「このあと調査会社のみなさんと食事することになったのですが、ご一緒にいかがですか？」

祈禱装束のままで来たし、いつもならお言葉だけで、と辞退するところだ。値賀はちらりとスーツの一団に目をやった。紀州は他の社員と一緒にもの珍しそうにジオラマを眺めている。

「私は着替えがないのですが、このままでも大丈夫でしょうか…？」

「ええ、ええ。まったくかまいませんよ。鈴屋《すずや》の二階を予約していますし、帰りはお約束通り私がお送りしますから」

鈴屋は肩の凝《こ》らない懐石店《かいせき》で、ちょっとした席を設《もう》けるときには一番に名前が挙がる。二階なら貸し切りだろうし、それなら装束のままでも問題ない。

では遠慮なく、と値賀は同行することにした。そして思いがけず紀州の隣に座ることになってしまった。

「森谷さんはそちらに」

町長に誘導されて、値賀はえっ、とたじろいだ。大人数用の細長いテーブルの一番上座《かみざ》だ。横には紀州がいて、同じように町長に「そちらに」と席を勧められている。

遠くから眺めてどきどきしたかっただけなのに、真横の席とは。値賀はぎくしゃく紀州に会釈して椅子に座った。

「森谷さん、とお呼びしてもいいんでしょうか」

緊張して固くなっている値賀に、紀州が話しかけてきた。不意打ちだったのでびくっとしてしまい、「はい」と妙にそっけない返事になった。一番上座に座らされたので、テーブルの向かいは紀州の会社の責任者だ。気難しそうな雰囲気に値賀は勝手に萎縮《いしゅく》した。町長は出入り口の席で「今日はお忙しい中」と挨拶を始めている。

「森谷さん、どうぞ」

町長の挨拶が終わり、飲み物と先付《さきづけ》が運ばれて来た。紀州にビールを勧められて、値賀は

「ご祈祷のあとですので」と断った。祈祷装束を着ているときには飲まないようにしているだけなのだが、またしても木で鼻をくくるような返事になった。

「ああ、これはすみません」

禁忌《きんき》だったのだと悟《さと》ったらしく、紀州が申し訳なさそうに謝った。ぜったい感じ悪いと思われた、と値賀は内心でだらだら冷や汗をかいた。黙っていると冷たくキツそうに見えるということはよく知っている。どうしよう、どうしたら、と困惑したが、どう取《と》り繕《つくろ》っていいのかわからない。値賀はひたすら前を向いていた。紀州は仕方なさそうに値賀の向かいの責任者らしい男とやりとりを始めた。

遠目でも紀州を眺めたいと思っただけだったのに、隣では逆に見ることもできない。値賀は来たことを後悔した。

「ここのお料理は素晴らしいですね」

しばらく責任者と仕事の話をしていたが、メインのお膳《ぜん》が運ばれてきて、紀州がまた気を使って話しかけてくれた。

「見た目も美しいし、どれも本当に美味《おい》しい」

さっきは心ならずもあんなに感じの悪い態度をとってしまったのに、と値賀は感激した。

「ええ」

今度こそちゃんと会話しよう、鈴屋の名物料理「どじょうなべ」の紹介でもしよう、と意気込んだのに、紀州とまともに目が合って、値賀はかあっとのぼせてしまった。格好よすぎる。眼鏡が似合うと思っていたが、紀州は本当に理知的で整った顔だちをしていた。それでいて値賀のような人を遠ざける冷たさがない。猫だったら膝に乗って甘えたくなるような慕《した》わしい雰囲気があった。

素敵な人だと思うほど緊張して、値賀は言葉が出なくなった。紀州はかすかに苦笑した。明らかに値賀が話しかけられるのを嫌がっていると判断している。違う、違うんです、と心の中だけで値賀は訴えた。

結局、会食の間中、紀州はそれ以上話しかけてこなかった。それでも食事が終わると「今日はありがとうございました」と優しい口調で挨拶してくれた。値賀はなんとか「こちらこそ」と丁寧にお辞儀をしたが、内心ではふがいない自分に地団太を踏みたいくらいがっかりしていた。紀州にも嫌な思いをさせてしまって申し訳ない。

食事が終わると、紀州たちはそのまま東京に帰るということで店の前で解散になった。

「森谷さん、家までお送りしますよ」

町長が約束通り家まで送ってくれることになって、値賀は気落ちしているのを悟《さと》られないようにいつも通りの顔で車に乗り込んだ。

「今日はよいご祈禱をありがとうございました。値賀さんのご祈禱はいいですね。本当に場が清められるようです」

「とんでもないです。私はただの姉の代理です」

「本当はね、榊ノ原の土地を掘り返して、温泉施設なんか作って大丈夫なのか、不安だったんですよ。でも有賀さんが予定地を見て、大丈夫だっておっしゃってくださったんで安心して話を進めることができたんです。その上きちんとご祈禱もできましたし、本当によかった」

「今日いらしてたのは建設会社のかたなんですか？」

値賀はさりげなく話を向けた。

「その関連会社ですね。建設予定地の調査と分析を専門にやってるみたいです。特に文化財が発掘される可能性がある土地は、通常の調査の他にいろいろ専門知識が必要のようで」

「そうなんですか」

紀州がまたここに来るのかどうかを知りたかったが、うまく聞きだせる口実を思いつかなかった。掘削して調査をすると聞いても、値賀にはどの程度の規模の話なのかすらわからない。紀州はあの中ではナンバーツーという感じだったから、ひょっとしたら現場は下に任せて、もう来ないのかもしれない。

せめて「今日は感じの悪い人になってしまいましたが、ただ緊張していただけなんです」と伝えたかった。そして不愉快な思いをさせたことを謝りたい。まあ紀州は自分のことなどたいして気にしてもいないだろうが。

「では、有賀さんにもよろしくお伝えください」

予定している温泉の話を聞いているうちに家についた。

「はい、ありがとうございました」

車を下りて見送ると、値賀はしょんぼり家に入った。

「あ、値賀。おかえり」

玄関で草履《ぞうり》を脱いでいると、洗濯物を取り込んでいたらしい有賀が庭から洗濯かごを抱えて来た。

「送ってもらえたの？　遅いからどうしたかなって思ってたとこ」

「ごめん、建設関係の会社の人と一緒にお昼ごはんご馳走《ちそう》になってた」

「——値賀、なんかあったね？」

有賀がふと値賀の肩のあたりに目をやって言った。

「なんかって？」

「あんた、凹《へこ》むと浮遊霊とかに憑《つ》かれるからすぐわかる。うしろになんかいるよ」

「えっ」

思わず振り返ったが、当然ながら値賀には何も視えない。生活感あふれるホームウェア姿でも、姉はれっきとした霊能力者だ。じいっと見つめられると、妙な迫力を感じてたじろいだ。

「どんなのが視えるの？」

「んー…」

有賀は腰に手を当てて目を眇《すが》めた。

「若い男、…っぽいけど、あとはよくわかんない…」

「祓えない？」

有賀は顎を引き、強い視線で値賀の背後を睨んだ。

「……だめだ。今日は調子がいいんだけどなぁ」

しばらく集中していたが、有賀はあっと残念そうに息をついた。

「ま、視えちゃうから目障《めざわ》りだけど、どうせ値賀のは二、三日したら消えちゃうから、いっか」

「俺にはぜんぜんわかんないしね」

実際のところ、霊が生きている人間に物理的な影響を与えることはまずないらしい。ただ繊《せん》細《さい》な人は気が重くなったり憂鬱《ゆううつ》な気分になったりすることもあるので、その場合は本格的に除《じょ》霊《れい》をする。値賀の場合、やたらと憑かれるわりには本人にまったく霊感がない上、憑かれたところでなんともないので、霊のほうが「なんだこいつ」とばかりに早々に消えるのが常だった。

「祈禱でなにかあった？　失敗しちゃった？」

値賀が「憑けてくる」のはたいていしょんぼりしているときなので、過保護気味の姉はむしろそっちを心配する。

「ええっと…」

眼鏡をかけた男前のことを思い浮かべて、値賀は口ごもった。

「まあ聞こうじゃないの」

値賀の顔つきでピンときたらしく、姉はにやっと笑い、洗濯かごを抱えて居間に向かった。

「実はさ、さっき話した地盤調査の会社の人の中に、すっごい格好いい人がいたんだよ」

居間で有賀が洗濯ものを畳《たた》み始めたので、値賀はその隣の座敷で着替えをしつつ述懐《じゅっかい》した。

霊視のできる姉に隠し事をしても無駄だと、昔から何度も思い知らされている。

「紀州さんっていうんだけど、せっかくお昼でお隣になれたのに、俺、緊張してめちゃくちゃ感じの悪い返事ばっかりしちゃってさ……しかも装束のままだったから、だいぶ気を使わせちゃったと思う」

「値賀は祈禱装束着ると本物感がすごいからねえ」

「ほんと申し訳ないし、残念だし。なにより、あんな格好いい人とお話する機会なんかめったにないのに……！」

もったいないことをしてしまった。

「そんなに格好よかったんだ？」

有賀が興味を持った顔になる。

「うん、めっちゃ格好よかったー」

「圭介《けいすけ》より？」

「申し訳ない」

姉の婚約者もなかなかのイケメンだが、値賀の中では紀州に大きく軍配《ぐんばい》があがる。

「まじか」

「圭介さんも格好いいって。ただ俺は紀州さんみたいな知的な感じに弱いからさー」

「フォローになっとらんわ。その人の写真とかないの?」

「あるわけないよ。あ、でも」

そういえば、帰りの車の中で町長さんと建設予定の話をしたとき、紀州の会社のパンフレットをもらった。

「あった」

もしかしたらと期待してパンフレットをめくってみると、はたして紀州が写っていた。あのビジュアルなら社員紹介に載るんじゃないかと睨んだ通り、リクルート用のページで「専門知識で社会に貢献」という煽《あお》りつきで載っている。

「ふーん、紀州充亮さんか。三十二、三ってとこかな?」

姉がつくづくと紀州の写真と紹介文を眺めた。もしそうなら俺より十歳上か、と包容力ある男に弱い値賀はその年齢にもぐっときた。

「けどこの人、結婚してんじゃないの?」

有賀がちくりと嫌なことを言う。

「結婚指輪はしてなかった!」

「指輪ねえ」

既婚でも結婚指輪をしない人はいる。それくらいは値賀も心得ているが、素敵な人だと思うとついつい確認してしまうし、希望を持ってしまう。

「――ふーん……」

有賀がじいっと写真を見つめた。

「えっ、もしかしてなにかわかるの？」

「ちょっと待ってて」

姉はかなり能力が不安定だ。その日のコンディションでも違うし、相手によっても違う。降霊できるほどの力はないものの、調子がいいときは写真だけでもその人のオーラが読める。

「――これは」

有賀はパンフレットを目の高さに持ち上げ、さらに集中した顔つきで写真を見つめた。

「値賀……」

「えっえっ、なになに？　どうしたの？」

重々しい声に、値賀は急いで姉のそばに寄った。

「落ち着け値賀。そして喜べ。この男もゲイだ」

「え、えええッ？」

いきなりの爆弾発言に、値賀はひっくり返りそうになった。

「もー、姉ちゃんまた俺のことからかって！」

「嘘じゃないよ。うっすら明るいオーラがかかってる。これはゲイ特有のやつだ。我が弟がイケメン見るたびにぺかぺか光らせる色だし、テレビでゲイタレント出てくるとたいていこの色持ってるから、前から興味深く思ってた」

「ほ、ほんとに…？」

「テレビでいい男が脱ぐシーンになると、値賀は激しくこの色を出す」

「……」

姉にそんな観察をされていたことを知って微妙な気持ちになったが、紀州がゲイだという情報に、値賀は抑えがたく興奮した。

「ああ、紀州さん、またここに来ないかなあ…！」

もし彼がまた来ることになったからといって、自分にチャンスが訪れるとは思えない。あんな素敵な人なら恋人がいないわけがないし、そうでなくても自分なんかを相手にするわけがない。

でも遠くから眺めてこっそり夢想するくらいは許されるはずだ。今まで「憧れ」以上の経験がなく、これからもたぶんそうなので、値賀にはそれで充分だった。

だから、その日の夜、町長から改めて姉に霊視のお礼の電話があって、「値賀、あんたのイケメン、来週あたりこっちに滞在しにくるってよ」と姉から聞いて、値賀は本気でときめいた。

「ほ、ほんと？」

「ほんとほんと」

夕食のあとで、片づけ当番だった値賀は台所で皿を食器洗い機にセットしているところだった。

「町長さんが言うには、紀州さん入れて五人編成で、中条《なかじょう》のおばさんちの離れ借りて三週間くらいこっちで仕事するんだって」

「さ、三週間…！」

長い気もするし、たったそれだけ、という気もする。でももう一回会えるチャンスはきっとあるはずだ。

「どう、ちょっとは元気出た？」

からかうような有賀の声に、優しいものが混じっている。

「…うん」

実家に帰ってきてひと月、沈みがちだった値賀の気持ちを、有賀はわかってくれている。いつも自分を気に掛けてくれる姉に、値賀は感謝と同時に申し訳ない気持ちになった。

「ごめんね、心配かけて」

「値賀は真面目だからねー。だいじょうぶだって。そのうちいろいろうまくいくよ。値賀のことはおばあちゃんが守ってくれてる」

有賀が励《はげ》ますようにぽんぽんと肩を叩いた。

「そうかなあ…あの世でがっかりしてない？」

「してないしてない。値賀に憑いてるやつもそのうちおばあちゃんが追い払ってくれるって」

「そう？」

「そうそう」

「よかった…そんじゃ俺、そろそろ寝るね」

いい年をしてこんなふうに励まされるのが気恥ずかしい。値賀は食器洗い機のスイッチを押して、手を拭《ふ》いた。

「おやすみ、値賀」

「おやすみ」

まだ九時を回ったばかりだが、今日は祈禱があったし、ロングスリーパーの値賀は本当にもう眠くなっていた。

値賀は居間の両親にも「おやすみ」と声をかけて二階に上がった。

値賀の部屋は、高校のときからほとんど変わっていない。畳の上にカーペットが敷かれ、そこにベッドや本棚が並んでいる。

カーテンを引いてベッドに入ると、押し入れの襖《ふすま》が半開きになっていて、梱包《こんぽう》されたままの段ボールが積んであるのが目についた。片づけないと、と思いながら、延ばし延ばしになっている。

大学を卒業したらちゃんと就職をして、もうこの部屋にはたまにしか帰ってこないはずだった。

はあ、とため息をひとつつき、値賀は電球の紐《ひも》を引っ張って電気を消した。

しょんぼりしていても眠れてしまう体質は、一方で値賀を救ってもくれていた。とにかく布団にもぐりこめば、また新しい一日が待っている。

「イケメンのいい夢みよっと」

姉の軽口を思い出し、値賀は羽毛布団を抱き枕のようにして目を閉じた。

2

値賀《ちか》が物心ついたときには、姉の有賀《ゆか》は「護杜《もりや》」の家業を引き継いでいた。

当時姉はまだ十一歳だったが、祖母が突然、「わたしはそろそろ向こうに行く時期が来たようだ」と言い出し、護杜のスポンサー的な地元の有力者に「わたしの後継者」として姉をお披《ひ》露目《ろめ》してまわった。

値賀のことは「こんなに眠る子はきっと『加賀《かが》さん』に違いない」とまったく見当はずれの予言をした祖母だが、姉に関しては「有賀は人の気持ちがよくわかるいい子だ。きっとみんなの役にたつ」と大当たりの見立てをして、あの世に旅立った。

「そして俺はいまだに寝てばかりいます…ごめんなさい…」

座敷の仏壇で、値賀は一人手を合わせていた。

ご祈禱に出かけてから、ちょうど一週間が経《た》っていた。

降霊《こうれい》を生業《なりわい》にしてきた霊能一族が仏教徒というのはどうなんだ、と首をかしげていたこともあったが、それはそれ、これはこれ、とみな別段気にしていない。値賀も今では「まあウチは宗教ってわけじゃないしな」と神棚と仏壇がいっしょに並んでいる座敷で違和感なく手を合わせている。

値賀の長時間睡眠は、幼いころは「病気ではないですし、年齢が上がるにつれて短くなっていきますよ」と医師にお墨付《すみつ》きをもらい、あまり問題視されていなかった。実際、小学校のころまでは、家に帰ってお昼寝をして、夜は八時に寝て朝七時に起きる、という生活で問題なく過ごしていた。

しかし中学に入り、徐々に困難がはっきりしてきた。中学の時点でもまだ一日十時間では睡眠不足で、値賀は全員必修の部活を特別に免除してもらったり、放課後行われる行事は不参加にしてもらったりした。

森谷《もりや》君はしょうがない、と周りは納得していたが、病気でもないのに特別扱いしてもらってばかりの自分が情けなくて、高校は「森谷」という名前の通用しない市外の私立を選んだ。誰だって睡眠時間を削《けず》って頑張るときは頑張るんだから、と自分を叱咤《しった》して、さらに大学のときは東京で一人暮らしもした。小さなころから「加賀さん」なんじゃないかと期待されていたのに、自分は「護杜さん」ですらなかったというのが地味にコンプレックスで、どこかでいつも自分のことを「役立たず」だと感じていた。

だからせめて自立できるようにならなくちゃ、と必死だった。

でも結局そこで挫折した。

二十歳を過ぎても値賀は毎日平均十時間は寝ないと身体がもたなかった。無理をしてもどこかで気絶するように眠ってしまい、どっちみち周囲に迷惑をかけてしまう。改めて脳波の検査などもしたが、やはり「そういう体質」ということがわかっただけだった。

大学卒業後は普通に就職しようと思っていたのに、ゼミと就活の両立ですら青息吐息で、今からこんなでは残業やら出張やらある会社員が務まるわけがない、と怖気《おじけ》づいてしまった。

結局、値賀は無職でこの春から実家に舞い戻っている。

「さて、では行ってきます」

ちりん、とりんを鳴らすと、値賀はもう一度仏さまに手を合わせた。家族はとっくに仕事に出ている。姉もふだんは彼氏の果樹園を手伝っていて、今日は朝早くから出かけていた。

値賀は少し前から農協のバイトに行っている。倉庫の片づけの手伝いで、一週間だけの約束だ。バイトするにしても、もっと安定して通えるところを探さないと、と思っているが、田舎ではなかなか仕事がなかった。

この先どうしたもんかな、とため息をつきつつ県道沿いのバス停まで二十分歩く。ここで生活するのなら車は必須だが、その決心もつかず、中途半端なままだ。

朝のバスは病院に行く高齢者などでそこそこ混み合っていた。値賀は一番うしろの座席に座り、見飽きた田舎の景色を眺めていた。田んぼと農家、神社、雑木林《ぞうきばやし》、また田んぼ。ごとごとバスに揺られながら、習慣的に「紀州《きしゅう》さん」の面影を脳裏《のうり》に浮かべた。

また来るらしい、と聞いてテンションを上げたが、あれから紀州についての新しい情報はキャッチしていない。

診療所と道の駅で乗客のほとんどが下りて、バスはいっきにがらんとした。農協のひとつ前の停留所に差し掛かり、値賀は目を凝《こ》らした。姉が紀州たちが滞在すると言っていた「中条《なかじょう》のおばさんちの離れ」が見えるはずだ。

この近辺にはウィークリーマンションのような便利なものはなく、宿泊施設といえば温泉宿かペンションしかない。大人数が数週間単位で滞在するのには使っていない民家を借りるのが合理的だ。「中条さんちの離れ」はフィールドワークの大学生グループや、キャンプの下見に訪れる教職員などによく利用されていた。

「あ」

木立《こだち》の切れ間に平屋が見えた。見間違いでなければ、敷地内にライトバンが停まっている。

もしかしたらあそこに紀州さんがいるのかもしれない、と思うだけで胸が高鳴った。ずっと塞《ふさ》いでいた値賀にとって久々のときめきだ。

もう一回、遠くから顔を見るだけでいい。

雨続きの毎日に、ほんの少し、日差しがほしい。

それだけの気持ちで、値賀はその日の夕方、徒歩で「中条さんちの離れ」に向かった。そのとき、値賀はひどくがっかりしていた。

本当はバイトはもう一日あるはずだったのに、「今日まででいいよ、ごくろうさま」と言われてしまった。頑張りすぎた。やっと見つけたバイトだったから張り切って、休憩もそこそこに頑張っていたら予定より早く倉庫が片づいた。もしかしたら別の仕事をさせてもらえるかも、そしたらもうちょっと働けるかも、と期待していたけれど、そんなことはなくて、あっさり「お疲れさま」と日当を渡された。自分が馬鹿みたいで、がっかりして、がっかりした気持ちをどうにかしたくて、「中条さんちの離れ」に入り込んだ。

離れというのは便宜上《べんぎじょう》そう呼んでいるだけで、正確には「中条さんちの別宅」だ。敷地も独立していて、周辺には他の民家もない。

夕方五時を過ぎても、まだ日は高い。田んぼと雑木林に囲まれた離れの敷地に入ると、値賀はそっとあたりを窺った。植木鉢の並んだ玄関はひっそりとしている。車もない。紀州たちが地盤調査をする建設予定地は車で十分ほどの場所だ。日が落ちたら帰って来るのかな、と値賀はスマホで時間を確かめた。

バスは昼間は本数が少ないが、朝夕はそこそこ通る。ちょっと待ってみよう、と値賀は離れの玄関先に置いてあったパイプ椅子に腰掛けた。

紀州さんたちが帰ってくるのが見えたら急いでそのへんに隠れよう。それで、ひと目紀州さんを見られたらそれでいい。

本当はこの前は感じ悪くてごめんなさい、と謝りたいけれど、きっと紀州のほうでは忘れているに違いない。だからこっそり姿を見るだけにして、それでこのどんよりした毎日をしばらくやり過ごせるパワーにしたかった。

暑くもなく寒くもない、春の心地よい夕暮れで、雑木林からの鳥の鳴き声や木々のざわめきを聞いていると、値賀はだんだん眠たくなってきた。

あ、やばいな…、と立ち上がって眠気覚ましに軽く体操をして、でも座るとまた寝てしまいそうだ。帰ろうか、と思ったがバスの時間までまだだいぶある。

困ったな、と立ったり座ったりを繰り返しているうち、ふっと意識が途切れてしまった。


——はっと気づくと、四方から男の顔が値賀を覗き込んでいた。

「うわあっ」

仰天《ぎょうてん》してがばっと起き上がると、男たちもその勢いに驚いて四方に散った。

「室長、気がつきました！」

男のうちの一人が後ろを向いて大声を出した。

「あっ」

スマホを耳に当てていたスーツの男が振り返り、値賀は思わず声を上げた。

「紀州さん！」

「えっ」

あたりはすっかり暗くなっていて、値賀は離れの玄関先で、仰向《あおむ》けになって寝こけていた。紀州だけが玄関先の明かりに照らされている。

「なんで俺の名前を」

どうやら救急車を呼ぼうとしていたらしい。紀州はスマホをスーツのポケットに入れると、早足で値賀のほうにやって来た。値賀を囲んでいた男たちは、よく見ると祈禱のときにいた紀州の会社の若手社員だ。暗くて顔の見分けまではつかないが、全員そろいの作業服を着ている。

「す、すみません」

頭がはっきりしてきて、ようやく状況が呑みこめた。睡魔に負けて眠りこけ、椅子から転がり落ちたか自分で地面に横になったかで、帰ってきた紀州たちに発見されたのだ。

「あの、俺、森谷《もりや》です。この前、ご祈禱で会った」

「——？」

名前を名乗ったところでわかるわけがないだろうが、とにかく不審者ではないこと、元気なことを伝えようと、値賀は早口で言いながら立ち上がろうとした。

「大丈夫ですか」

固いコンクリートの上で寝ていたので身体が痛い。焦《あせ》って立とうとしたのでよろけてしまった。紀州があわてて支えてくれた。

「——あ、あなたは」

「すみません」

至近距離でようやく顔が見えたらしい。紀州が目を見開いた。

「ご祈禱——ああ、あのときの？」

紀州の声が驚きで跳ねあがった。

「どうしたんですか、こんなところで倒れて」

「あ、あの、えっと」

「もしかして、ご持病《じびょう》でもあるんですか。救急車呼ばなくても大丈夫ですか？」

「大丈夫です！」

寝ていただけなのに救急車を呼ばれたら大ごとだ。値賀は必死で首を振った。

とにかく中に、と値賀は紀州に支えられて家に入れてもらった。

「なにか飲むもの持ってきて」

「はい！」

作業服の男の一人が台所に走って行く。申し訳なくて、恥ずかしくて、値賀は身体が縮む思いだった。祈禱で会っていなかったら、完全に見知らぬ不審者で、通報案件だ。

作業台に使っているらしい大きなテーブルの椅子に座ると、みんなに心配そうに見守られ、値賀はひたすら頭を下げた。

「あの、本当に大丈夫です。今日、この先にある農協に仕事で行ってたんですけど、その、バスが来るのを待つのに、ここの家の玄関先で休憩させてもらおうとして、なんか、ね、ね、眠っちゃったみたいで…」

「寝てただけ…？」

値賀はしどろもどろで白状した。全員が「は？」とぽかんとした顔になった。

「はい」

馬鹿だ。恥ずかしい。しかもあげくに迷惑をかけた。でも気分が悪いのではと心配してくれているのに嘘をつくわけにはいかず、「勝手に敷地に入り込んだあげくに、ね、眠っちゃって、ご迷惑をかけて、本当にすみませんでした！」ともう一度深く頭を下げた。全員が啞然としていて、値賀は穴があったら入りたいくらいの心境だった。

「お水、ありがとうございました。あの、帰りますので」

「家は近くなんですか？」

紀州が心配そうに訊いた。

「バスがありますし、電話したら家族も迎えに来てくれると思いますから」

「よければご自宅まで送りますよ」

「いえっ」

これ以上世話をかけるわけにはいかない。値賀は焦ってぶるぶる首を振った。

「とんでもないですっ。ち、近いですし、大丈夫です」

「どうせ俺は事務所に戻るんで、ついでですよ」

紀州がキーを出した。

「室長、図面やっぱりここにありました」

「おお、ありがとう」

紀州はそれを取りに来たらしい。奥から出てきた作業服の男から筒《つつ》状のプラスチックケースを受け取ると、紀州はうながすように値賀を見た。

「一人でお帰ししたら、私が気になりますから」

目が合って、こんなときなのに、値賀はほわっと見惚れてしまった。やっぱり格好いい。この前はぱりっとしていたが、今日は少しくたびれたスーツ姿で、それがかえって男の色気を醸《かも》し出している。緩《ゆる》んだネクタイのノットを目にして、彼もゲイだという姉情報が頭をちらついた。本当だろうか。

「本当に、遠慮しないでください」

「そっ、それじゃ、お言葉に甘えてしまいます」

お世話になりました、と作業服の若い男たちにもう一度ぺこぺこ頭を下げて、値賀は玄関に急いだ。

「家はどっちですか?」

敷地には朝見かけた大型のライトバンと、軽自動車が停まっていた。紀州が軽に乗り込み、値賀も助手席に乗った。

「あの、そこの県道を山のほうに行くんです」

敷地を出るとすぐが県道で、値賀の家は在来線の駅がある町とは真逆の方向になる。事務所は町中にあるだろうから、わざわざ送らせてしまうことに改めて恐縮した。

「十五分くらい行ったら鳥居があって、そこを曲がった先なんです。あの、すみません。さっきは近いって言ったけど、本当はちょっと距離もあるんです」

あたふたとシートベルトをしながら説明すると、紀州が意外そうに値賀のほうを見た。

「森谷さん、さっきから思っていたんですが、この前お会いしたときとずいぶん印象が違いますね」

「えっ」

「ご祈禱だったからでしょうか。あのときは、こう、ちょっと近寄りがたいような雰囲気だったので」

「は、えと、あの」

焦って口ごもっている値賀に、紀州が小さく笑った。

「同じ人ですよね？」

「はいっ」

紀州にからかうように言われ、大慌てでうなずきながら、値賀はその親しげな口調に感激した。

「あの、俺、ご祈禱のときはいつも緊張してて、それで、食事のときもついつっけんどんな態度になって、紀州さん、不愉快に思われたんじゃないかなってずっと気になっていました。あの、あのときは本当に失礼しました」

車の中は暗いし、醜態《しゅうたい》をさらしてしまったあとの開き直りもあって、値賀はせめて伝えたかったことはぜんぶ言ってしまおう、と頑張った。

「せっかく話しかけてくださってるのに、俺、緊張してて…、あとからすごく後悔しました」

「そうだったんですか？　むしろうるさく話しかけて申し訳なかったなと思っていました」

やっぱり、と値賀は凹《へこ》んだ。

「嫌な気分にさせて、本当にすみませんでした。俺、顔がちょっときついみたいで。でも中身はこんなで、二十二にもなって情けないんですけど…」

「顔が綺麗すぎるのも考えものかもしれませんね」

ちゃんと謝れたのも、こんどは普通に会話できたのも、綺麗と言われたのも嬉しくて、値賀は頬が熱くなった。

田んぼと民家が点在するだけでなにもないまっすぐな道を、軽自動車はなめらかに加速した。山の向こうに夕日が落ちて、空は薔薇色《ばらいろ》を残しつつ暮れていく。

「ここは星がすごいですね」

明星が煌《きら》めいていて、紀州が呟くように言った。

「昨日の夜、初めて夜空を見て、本当に音が鳴りそうなくらいで驚きました」

「そこのため池の上は、人魂《ひとだま》もよく飛ぶみたいですよ」

「え?」

「あ、えっと、そういう噂があって」

フェンスで囲まれたため池の横を通過していて、姉がいつも「今日はまたすごく飛んでるなあ」と言っているのを普通に聞いていたので、星と連想してつい話してしまった。

「七不思議とか怪談とかですか?」

紀州がくすりと笑った。

「……紀州さんは、オカルトとか、嫌いですか?」

紀州の口振りに揶揄《やゆ》するような響きを感じて、思わず訊いた。「護杜の神懸《かみが》かり」はこのあたりでは好意的に受け止められているが、知らない人から見ればうさんくさいオカルト話だ。それは値賀も心得ている。

「いえ、そんなことはないですよ。ただ頭が固いもので、ついなんでも疑ってかかるんです。超常現象とか霊とか聞くたびにいろんな可能性をつついてしまうんで、友人にもよくつまらないやつだと言われていました」

どうやら値賀の家が代々降霊を生業にしてきたことまでは知らないようだ。オカルトを毛嫌いしているわけでもなさそうで、値賀は内心ほっとした。

「あ、鳥居ってあれかな」

ぽつぽつと民家の明かりしかない田舎道で、白い鳥居が街灯に照らされてぼうっと現れた。

「はい。あ、そこで降ります」

家までは勾配《こうばい》のきつい峠道《とうげみち》になるので、慣れない紀州に運転させるのは申し訳ない。

「ここまできたらついでですから、家まで送りますよ」

いえ本当に、と断ろうとしたときに値賀の携帯が鳴った。

「母さん？」

『あ、値賀。今どこ？　バス遅れてるなら迎えに行くけど』

「今、車で送ってもらってる」

話しているうちに紀州は鳥居の脇から峠道にハンドルを切ってしまった。すみません、と小さく頭を下げながら、しどろもどろで成り行きを説明すると、母親は「よくわからないけど、送っていただいてるんだったら夕飯お誘いしたら?」と言い出した。

「あの、紀州さん。母が夕飯を一緒にどうかって言ってるんですが」

通話を切って紀州に訊くと、思った通り「これからまだ仕事がありますから、お気持ちだけで」と断られた。残念だったが、でも少しでも話せてよかった、と値賀はこの幸運を嚙みしめた。気になっていたことも謝れて、それもすっきりした。

「わあ、大きなおうちですね」

峠道を上り切り、家の敷地まで車を入れて、紀州は驚きの声をあげた。

「田舎なんで、広いのは広いです。でもすごくぼろなんですよ。今は暗いからよく見えないだけで」

「いやいや、趣《おもむき》があって素晴らしいです。どこかの老舗《しにせ》旅館みたいだな」

本当に感じ入ったらしく、紀州はわざわざ車から下りて家を眺めた。

「値賀?」

タイヤが砂利《じゃり》を踏む音を聞きつけたらしく、玄関の引き戸が開いて、母親が出てきた。

「まー、値賀が送っていただいちゃって、すみません。さっ、どうぞどうぞ」

「あ、いえ私は」

「ちょうどよかった、今日は炊き込みご飯なんですよー。他はたいしたものないですけど、ほら、値賀も早く入りなさい」

母親は悪気なく強引なところがある。すっかり夕飯を食べて行くに違いないという態度で、紀州の返事もろくに聞かず、さっさと中に入って行った。紀州が困ったな、というようにあいまいな笑顔を浮かべている。

「す、すみません。しょっちゅう近所の人が夕飯に来たりするもので。でも、本当にもしよかったら、食べて行かれませんか…?」

紀州は少し悩んでいたが、それじゃ、と車にロックをかけた。

「ここは築何年くらいなんですか?」

玄関に入って、また紀州は驚いたようにぐるっと周囲を見渡した。

「さあ、どのくらいか…俺もよく知らないんです」

玄関は土間にスクーターや自転車も置かれていて、値賀が大学で一人暮らしをしていたワンルームよりも広い。そこからミシミシいう廊下を通って、突き当たりが居間だ。

「あ、こっちは改築されてるんですね」

「すごく普通なんですよ」

建築物に興味があるらしく、紀州は古い柱を撫でたりしながら「おじゃまします」と居間に入った。古民家《こみんか》のような空間を期待しているんじゃないかと思い、がっかりさせそうでひやひやしたが、紀州は「天井が高い」とまたびっくりしたように梁《はり》を見上げた。

「すぐ用意しますから、先にお茶でも飲んでてくださいねえ」

人の出入りが頻繁《ひんぱん》なので、母親は客慣れしている。

「父さんと姉ちゃんは？」

紀州に席を勧め、お茶を出そうと値賀は台所に入った。

「もう帰って来るんじゃない？　姉ちゃんは轟《とどろき》さんちに霊視《れいし》に行ってて、今日は遅いみたい。ほら、あそこ長患《ながわずら》いのおじいちゃんだったでしょ。有賀、おじいちゃんの霊と波長が合うみたいで、呼ばれてるなって言ったら案の定電話がかかってきて、霊視してもらえないかって」

台所と居間はひとつながりで、間の引き戸はいつも開けっ放しだ。見ると、手持無沙汰《てもちぶさた》にこっちの話を聞いていたらしい紀州が不思議そうな表情を浮かべている。値賀は焦って目で牽制《けんせい》したが、母親はせっせと料理を盛りつけていて気づかない。農協の帰りに車で送ってもらうことになった、としか伝えていなかったから、紀州を東京の人間だとは思っていないのだ。さすがに予備知識のない人の前で「霊視」などとは声高《こわだか》に話さない。

「母さん、あの…」

「まあ轟のおじいちゃんは元気なときから、死んだら有賀ちゃん通してまた会いにくるからなー、なんて言ってたらしいけど。死ぬ前呼吸器つけてていろいろ話せなかったみたいだしね」

「か、母さん、声大きいよ」

「あらそう?」

たまりかねて遮《さえぎ》ると、母親はきょとんとした。

「ま、なんにせよ轟のおじいちゃんの霊だから、話長いわ」

母親はのんきにあはは、と笑っている。

「すみません、お待たせして」

お茶を運んでいくと、紀州はやや困惑した表情を浮かべていた。

「えっと、あの…、うち、のこと何もご存じないですよね…?」

迷ったが、変にごまかすより打ち明けてしまったほうが傷は浅い、と値賀はとっさに判断した。

「ええ…たぶん」

どうやら普通の家ではないらしい、と紀州が居心地悪そうにうなずいた。

「えっと、その、うちは宗教ってわけじゃないんですけど、昔からこのあたりの安全を守る、みたいな家なんです。その、変に思われるかもしれませんが、霊感の強い人間が多くて。昔、洪水《こうずい》とか地震とかのとき、ご先祖様からそれ教えてもらって村の人避難させたりってことが何回もあったとかで、『護杜の神懸かり』って言うんですけど、死んだ人の魂を下ろして話を聞くっていう…、霊媒師《れいばいし》とか、そういう…」

怪しいと思われないようにと言葉を選んで、かえってもごもごした言いかたになってしまった。

「霊媒師、ですか」

紀州が瞠目《どうもく》した。

「は、いえ、そんなおおげさなものじゃないんです。姉も死んだ人の姿が視えたり視えなかったりするくらいで、昔は加賀さん、いやあの、降霊、って、死んだ人の霊を自分に憑依《ひょうい》させて口述《こうじゅつ》できる人もいたらしいんですけど、もうそういうすごい霊能力ある人は生まれて来なくなってて、俺とか母さんなんかはぜんぜんそんな力ないですし、なので、俺はご、ご祈禱を担当していまして…」

だんだん自分でも何を言っているのかわからなくなった。値賀は「どうぞ」ととにかくお茶を勧めた。

紀州は無言で値賀の出したお茶を見つめた。

「あの…」

お茶から目を上げて値賀を見て、またお茶に目をやる。値賀は背中に嫌な汗をかいた。

「……不思議な色のお茶ですね」

「あっ、家で作った薬草茶です」

ぽつりと言われて、慌てて説明した。そのとき、値賀の背後で柱時計がぼーん、ぼーん、と突然鳴った。

「……」

「……」

値賀の脳裏に、さっき見た白い鳥居が浮かんだ。値賀にとっては近所にあるただの鳥居だ。でも初めて目にする人にはちょっと不気味に映るだろうな、と帰省するたびに思ったりもした。ちょうど日が暮れた直後だったから、鳥居は街灯から浮かび上がるように青白かった。そしてくねくねした峠道。ぽつんぽつんと街灯があるだけで、あそこもなかなか不穏な感じだ。

築何年になるのかわからないような古い大きな日本家屋。どうぞどうぞと中に招き入れられると、そこには霊視に行った姉と、祈禱をする弟が暮らしているという。

そして今、その弟はどす黒い色の茶を出して「さあさあ」と勧めている……。柱時計が七回目を鳴らし、その残響が長く尾を引いてやっと消えた。

「えっと……」

怪しい。自分でも怪し過ぎると思う。

「紀州さん、あの……」

お茶から目を上げた紀州と目が合った。値賀は無意識に息を呑んだ。

「――ぶっ」

紀州が突然噴き出した。

「えっ」

「ごめん。いや、すみません」

急に笑い出した紀州に唖然としたが、その値賀の顔がまたおかしかったらしく、紀州は謝りながらなんとか笑わないようにと努力している。

「テレビでよくやってる心霊体験のＶＴＲみたいだと思ったらおかしくなってしまって……、すみません。いただきます」

紀州は薬草茶を一口飲んで、また我慢しきれなくなったように思い出し笑いをした。

「その柱時計がまた、絶妙のタイミングで鳴りましたね」

「は、はあ」

お茶を飲んでいる紀州の横顔は、もうすっかり平静だ。真意を測りかねて当惑していると、

「お待たせしてごめんなさい」と母親が大きなお盆をもって台所から出てきた。

「本当にあり合わせで」

「いえ、こちらこそ突然おじゃましまして」

お盆から皿を並べるのに手を貸す紀州は、特に変わった様子もない。

「今日は値賀を送ってくださって、ありがとうございました。農協の関係のかたかしら」

「あ、いえ。私は地盤調査の仕事をしていまして、先日森谷さんのご祈禱に急遽《きゅうきょ》参加させていただいた者です」

紀州が内ポケットから名刺を取り出した。

そこでようやく母親は値賀がなぜ目配せしていたのか気づいた様子で、バツの悪い顔になった。

「まあ、東京のかただったんですね。私はてっきりこの辺のかただと思って」

「榊《さかき》ノ原《のはら》地区に温泉施設を建設予定なのはご存じでしょうか。その事前調査に入るのに、町長さんがこのあたりでは必ず森谷さんにご祈禱をお願いしているということで、先日ご一緒いたしました」

「ご祈禱って、そんなおおげさなものじゃないんですけどね」

急に言い訳じみた口調になって、母親はいまさら困った顔で笑った。

「この辺では、昔は神懸かりって言ってたんです。死んだ人の魂を呼んで、その人の話を聞くって、よそのかたが聞いたら馬鹿馬鹿しいと思われるでしょうけど」

「いえ、私はこういう仕事をしていますから、同じようなお話はよく聞きます。日本は自然災害の多い国ですから、土地神さまや守り主さまを中心にしてまとまっていたんでしょうね」

霊視や降霊については信じていないが、そういう文化があることは知っているし、肯定的に捉えていますよ、という態度だ。

「よそ者が入り込んで、不快な思いもなさるでしょうが、できるだけ地元のかたのお気持ちに添うように我々も努力しますので、なにかあったらぜひおっしゃってください」

紀州の穏やかな態度に、値賀も母親もほっとした。

「東京のかたのお口に合うかわかりませんけど」

「美味しそうです」

紀州はいただきます、と手を合わせてから箸《はし》を取った。

受け答えから物腰まで、ぜんぶが値賀の思う「良識ある大人の男性」で、値賀は改めていいなあ、と憧れてしまった。

そこからは一般的な世間話に終始して、雑談力に長《た》けた母親と、コミュニケーション能力の高い紀州とのやりとりを、値賀はリラックスして楽しんだ。

「紀州さんは、ご結婚は？」

雑談の合間に紀州が「手料理は久しぶりで」と言ったのをとらえて、母親が切り込んだ。姉が帰ってきたら紀州さんのオーラを見てもらおうとひそかに算段していたが、霊感はなくとも母親には図々しく切り込む力があった。頼もしい。

「残念ながら、独身です。結婚の予定もありません」

「あら」

一瞬、母親の目に好奇心の光が宿った。結婚の予定もありません、ときっぱり言い切ったことに値賀もどきっとした。が、さすがに「もしやうちの値賀と同じであなたもゲイなのでは？」と訊くほど母親も無神経ではなかった。

「紀州さんみたいな素敵なかたが、もったいない」

「いえいえ、私は家庭向きじゃないですし」

「そんなことないでしょう。穏やかで、いい旦那さんになりそうよ」

「母さん、そういうの根掘り葉掘り聞いたら失礼だよ」

本当は自分も興味津々《しんしん》だったが、値賀はぐっとこらえた。紀州はただ苦笑している。

「あ、もうこんな時間ですね。仕事が残ってるんで、そろそろ行かないと」

皿があらかた空いたところで、紀州が腕時計で時間を確かめた。

「これからまたお仕事なんですか？　お忙しいんですねえ」

「はい。今日中に求人の広告も出さないといけないので」

「求人、ですか？」

春に実家に帰ってきて以来、値賀が一番敏感になるキーワードだ。母親も顔を上げた。

「このへんは学生さんも少ないし、短期バイトは募集してもなかなか人が来てくれないとは聞いてるんですが、私一人では事務方面がぎりぎりなので、なんとか来てもらえそうな人を探したいと思ってるんです」

ごちそうさまでした、と紀州が空いた皿を片づけ始めた。

「それって難しいお仕事なんでしょうね」

値賀はそろっと探りを入れた。

「いえ、簡単なパソコンの入力業務です。あとは報告書の作成とかですね。でも今の若い人はスマホばっかりで、キーボードが苦手らしくて、時間がかかってしょうがないんですよ」

思わず母親と顔を見合わせた。

「あ、あの、それ、俺じゃだめでしょうか…？」

値賀は思い切って訊いた。

「え？」

「パソコンの基本的な操作はできるので、教えてもらえれば入力もできると思います。あの、他にも事務所の掃除とか、書類整理とか、できることがあったらなんでもします！」

紀州が意外そうな顔で値賀を見た。

「三週間だけの短期ですよ？」

「いいです！」

「あまりバイト代もよくないと思いますが」

「だいじょうぶです！」

急展開に、胸がどきどきしてきた。

「お願いします。お役にたてるように頑張りますので」

「それは、こちらとしては助かりますが…」

値賀はがばっと頭を下げた。

「ぜひ、お願いします！」

値賀の背後の柱時計が、ぽーん、と軽快な音を立てた。

3

じゃあ明日の朝九時に、と紀州《きしゅう》から教えられた事務所の場所は、駅前の商店街の中だった。いわゆる「シャッター通り」で、寂れた通りには常連相手の喫茶店くらいしか開いていない。あとは倉庫に使っていたり、オーナーの孫が住居にしていたりする。

以前はクリーニングの取次をしていた店舗を三週間借りた、と聞いただけで、値賀《ちか》はだいたいの場所がわかった。バス通りからほんの五分、商店街の入り口だ。値賀も中学生のころ、何度か制服を出しに行ったことがある。

バイト初日、値賀はまだ「恒例《こうれい》冬物割引セール」「カッター一枚120円」という宣伝が刷《す》り込まれたままの店のドアの前で一度深呼吸をした。

思いがけず紀州の事務所でバイトができることになって、値賀はずっと興奮していた。昨夜《ゆうべ》は霊視《れいし》から帰って来た姉にいきなり「なんかあったね？」と言い当てられたくらいだ。

「またなんか憑《つ》いてる？」

一通り話を聞いた姉が、値賀のうしろに目をやったので、値賀も思わず振り返った。

「いるけど、この前からずっと同じ霊で、それがちょっとオーラ強くなってる」

「あれ？　まだ同じのが憑いてたんだ？」

値賀に憑いてくる霊は三日もすればなんとなく消えるのが常で、姉にはいつも「かるーい口《こう》内炎《ないえん》みたいだよねえ」と笑われていた。凹《へこ》む出来事やストレスが原因で、ほうっておいてもそのうち消えるのが確かに口内炎ぽくはある。

「別の霊じゃなくて？」

「うん、言ってなかったけどずっと憑いてるから、こんどの霊はなかなかしつこいなって思ってたんだよね」

「ちょっとここんとこ、いろいろ考えすぎてたからかも…」

「だと思ってたよ」

値賀の鬱屈《うっくつ》を誰よりわかってくれる有賀は、ずっと同じ霊がいることを内心では気にしていたらしい。

「それより値賀、その紀州さんって人、どうせ三週間したら東京に帰っちゃうんでしょ？」

やや過保護気味の姉は、値賀が辛《つら》い思いをするのでは、と先回りして心配している。値賀は苦笑した。

「あんな素敵な人が俺みたいな子どもを相手にしてくれるわけないって。でも俺だってちょっとはどきどきしたいし、バイトだけど仕事あるのも嬉しいし、だから明日から頑張るね」

睡眠時間が長いだけで、値賀はむしろ滅多《めった》に風邪もひかないし、身体は丈夫なほうだ。だから仕事がほしかった。生活の糧《かて》を得なくては、というのもあるが、それよりも誰かの役に立っているという実感がほしい。地域の人たちの安全に尽くしてきたという「護杜《もりや》さん」の気質なのかもしれない。

有賀は最終的に「ま、頑張んな」とほどよく応援してくれた。

「よーし」

小さく自分に気合を入れると、値賀は古いスイングドアを開けた。

「おはようございます!」

挨拶《あいさつ》しながら中に入ると、紀州が一人で段ボールを開けているところだった。

「おはよう。早いね」

ワイシャツの袖《そで》をまくりあげているのが働く男、という感じで素敵だ。眼鏡の向こうの瞳が優しい。

「今日からよろしくお願いします!」

値賀はリュックを下ろし、いそいそ紀州に近づいた。

「何からお手伝いしましょうか」

あまりに値賀が意気込んでいるのでおかしかったらしい。紀州がくすりと笑った。

「今日はとにかく、ここを事務所として使えるようにします。岡本《おかもと》君たちは直接現場に行ってるけど、昼にはここに帰ってくるから、そのときに紹介するね」

「はい！」

動きやすい格好で来て、と言われていたので、ボーダーのカットソーにストレッチ素材のスキニー、足元は脱《ぬ》ぎ履《は》きしやすいスリッポンにした。髪はだらしなく見えないようにきっちり後ろでまとめている。

「じゃ、さっそくだけど、ここの段ボールをぜんぶ開けてくれる？」

「はいっ」

デスクやキャビネットがかつての接客用カウンターの内側に並んでいて、値賀は段ボールから出した機材を紀州に指示されたとおりに配置した。

途中でレンタルオフィスから追加の荷物も届き、計器や機材を一通りラックに揃《そろ》え終わると、もう昼になっていた。

他の若手社員が戻ってきて、一緒にファミリーレストランで昼食をとりがてら紹介してもらった。四人とも値賀より二つか三つ上で、いかにも理系男子というように朴訥《ぼくとつ》だった。

「ちょっと緊張してたね」

ファミレスからまた二手に分かれ、四人がライトバンに乗って現場に向かうのを見送ると、紀州が軽自動車に乗り込みながら笑った。

「すみません。昨日ご迷惑おかけしたばかりなので、なんだか気が引けてしまって」

早くみんなに打ち解けようと努力したつもりだったが、自分でも浮き気味だなとは思っていた。

「いやいや、うちの連中が。森谷《もりや》さんが綺麗すぎて、あがってたんじゃないかな」

「えっ」

びっくりすると、紀州が面白そうに笑った。

「俺もそうだったからちょっと気持ちはわかる。大丈夫、慣れたら森谷さんが気さくなのはすぐにわかるよ」

紀州の話しかたがぐっと親密になっていて、値賀は嬉しくて口元が緩《ゆる》んだ。

「じゃ、午後も引き続きよろしく」

「はい、頑張ります！」

事務所に戻るとすぐ、また運送業者が来た。

「もしかして、紀州さんはこっちで寝泊まりされるんですか？」

運び込まれたのは寝具と日用品のレンタルだった。

「そう。昨日は向こうに泊まったけど、俺がいると若い連中が気を使うからね。仕事もはかどるし、一石二鳥」

店舗付き住宅なので、二階はもとから居住用だ。そのつもりでこの物件を借りたんだな、と納得がいった。

そのあとは夕方までかかってキャビネットを整理し、データ入力や報告書の書きかたを教えてもらった。

「あ、もう時間だね。お疲れさま」

紀州が壁掛けの時計に目をやった。値賀は朝九時から夕方五時までの約束になっている。

「これだけ入力しちゃってもいいですか？」

値賀は割り振られたデータ入力を始めたばかりだった。やっとキーボードに慣れてきたので、きりのいいところまで終わらせたい。端末《デバイス》の終了の方法も教えてもらったとおりにできるか確認したかった。

「それはいいけど、バスの時間大丈夫？」

「あと十分あります」

「ぎりぎりじゃない。もういいよ」

「走りますから」

集中して終わらせ、間違いがないか確認すると、「終わりました！　お疲れさまです！」と値賀は荷物をつかんで店を飛び出した。

「また明日ね！」

背中越しに見ると、わざわざ店の外まで出て紀州が見送ってくれていた。笑って手を振っている。

「はい、明日もよろしくお願いします！」

値賀も大声で挨拶して、バス停まで全力疾走した。ぎりぎりでバスに飛び乗り、はー、と脱力する。

しばらくぶりに晴れ晴れした気持ちになっていた。


土曜日の昼、大型スーパーの駐車場はファミリーカーでいっぱいだった。

「混んでるね」

紀州が空いているスペースを見つけてなんとか車を入れた。

「この辺、大きなスーパーがここしかないんで、休みの日は混むんですよ」

ショッピングモールというには少々さみしいが、二階には全国展開のカジュアル衣料店や家電量販店、フードコートも入っている。

「それで、なんていうのを作るんだっけ」

食料品コーナーに向かいながら、紀州がかごをカートに乗せた。

「ひきご汁です」

「ああ、そうだった。ひきご汁」

この一週間ほどで、値賀はすっかり紀州たちと距離が縮まっていた。

値賀は留守番的にずっと事務所にいるが、紀州は現場と事務所を行き来し、そして昼食は毎日全員で食べる。基本的に同じファミリーレストランだが、誰かがエリアマガジンを持ち込んで、少し遠くの蕎麦屋《そばや》に足を伸ばしたり、夫婦だけでやっているおしゃれなカフェに入ってみたりもした。

事務所での作業はほぼ紀州と二人きりなので、すぐに気心も知れた。紀州は最初の印象通りの穏やかな人柄で、値賀は毎日楽しくてしかたがなかった。週末でバイトが休みになるのが残念なくらいだ。

他の四人は金曜の夜のうちに東京に帰ったが、紀州は「帰っても特にすることもないしね」とこっちで残務を片づけるつもりのようだった。

紀州もゲイだと姉は断言したが、実際のところどうなのか、値賀にはまったくわからない。ただ、週末も東京に帰る気がないのを見ると恋人はいないのでは、などとつい詮索してしまう。

今日、紀州とこうして買い物に来たのは、「せっかくだからここの郷土料理を食べてみたいな」と紀州が言ったのがきっかけだった。

ただの雑談の中での発言だったが、値賀が「お店のメニューにはないんですけど、ひきご汁っていうどこの家でも作る料理がありますよ」と話すと、興味を持ってくれ、流れで一緒に作って食べようか、ということになった。正直、舞い上がるほど嬉しい。楽しみすぎて、昨夜は母親に頼んで予行演習してきたくらいだ。

「値賀ちゃん、蒟蒻玉《こんにゃくだま》ってこれ？」

「それです」

値賀ちゃん、と呼ばれるようになったのもみんなとの雑談がきっかけだった。少し打ち解けてきたころ、若手の一人が「森谷君って、最初は森谷さんって感じだったけど、今は森谷君通り越して値賀ちゃんって感じだな」と冗談を言った。見た目と中身のギャップをネタにされるのはいつものことだが、値賀ちゃん呼びはみんなの心にヒットしたようで、それからは全員に「値賀ちゃん」と呼ばれるようになった。

「俺も値賀ちゃんって呼んでいい？」

そのとき紀州にそう訊かれ、もちろんですよとなんでもない顔でうなずいたけれど、値賀は内心で激しくときめいていた。

それにしても、私服姿は初めて見たが、紀州は服のセンスがすごくいい。紺《こん》の長袖《ながそで》のシャツとコットンパンツという格好で、足元はコンビのレザースニーカーだ。目立たないが、よく見るとどのアイテムも細かい部分が凝《こ》っていておしゃれだ。

「なにやってるの」

「あっ、ご、ごめんなさい！」

こっそり紀州の横顔に見惚れていて、カートの足につまずいた。おわっとつんのめった値賀を、紀州が笑いながら支えてくれた。

「ちゃんと前見て歩こうね？」

紀州が小さい子に言うように言って、ぽんと値賀の頭に手を載せた。

このごろ、紀州はときどきこうやって値賀をからかう。親戚のお兄さん、くらいのスタンスだが、そのたびに値賀はどきどきしてしまって、どうしようもなかった。

紀州は昼間は現場の指揮をメインにしていて、値賀が帰った後にデータの作成や解析をしているようだ。たぶん、仕事はすごくできる人だ。値賀がミスしても「間違ってるよ」と指摘するだけでぜったいに怒らないし、ときどき起こっているらしい現場のトラブルでも、ほとんど感情を露《あら》わにしない。他の社員たちにも常にフラットに接していて、仕事に対する向き合いかたはもう固まっている、という印象だった。そんなところにも憧れてしまう。

「紀州さんは前はスーパーゼネコンにいたんだよ」

昼食のとき、他の社員からそんな話を聞いた。ちょうど仕事の電話がかかってきて、紀州は席を外していた。

「紀州さん、難しい図面も読めるしすげー資格もいっぱい持ってるし、S大の理工学部出てるんだよな」

「なんであんなすごい人がうちみたいな中小企業にいるんだって初めびっくりしたよ」

今の会社の社長が仕事上で知り合った紀州を引き抜いたらしい。値賀は興味深く噂話を聞いた。

「なんかちょうど前の会社辞めようとしてたか、もう辞めたとこだったとかで、タイミングもよかった、ラッキーだったってよく社長が言ってる」

年齢が離れていることもあるのだろうが、他の四人は紀州のことは尊敬しつつも、ちょっと距離を置いている。紀州も「俺がいたら気を使うだろうから」と寝起きする場所を別にしたりして、さりげなく線引きしているようだ。

そのぶん、紀州がプライベートを自分と過ごそうとしてくれるのが値賀にはびっくりで、嬉しかった。

「料理なんかするの、久しぶりだな。向こうではちょこちょこやってるんだけど」

スーパーから帰ると、さっそく並んで野菜の皮むきから始めた。紀州がレンタルした日用品の中には調理器具や最低限の食器もあった。店舗つき住宅なので、台所の設備も古いもののちゃんとしている。

「値賀ちゃん、慣れてるね」

「はい。ずっと自炊してたんで」

「そういえば、春にこっちに戻って来たとこって言ってたね。一人暮らししてたの？」

値賀はちょっとだけ返事に迷った。値賀が無職で実家にいることについて、どう思っているのか、気になっていた。

「俺はよくわからないけど、降霊術《こうれいじゅつ》、だったっけ。そういうのを引き継ぐの？」

「いえ、前も言いましたけど、俺はぜんぜん霊感とかないので、姉の補佐みたいなことしかできません。だから大学まで出してもらって家にいるのは、本当は心苦しいんです。ただ、普通の人と同じように働くのは難しくて…」

「もしかして、どこか悪いの？」

紀州が声のトーンを落とした。

「あ、言いたくないんだったら言わなくてもいいよ」

「いえ。病気とかじゃないんです。俺、ものすごいロングスリーパーなんですよ」

値賀が今までの経緯《けいい》を話すと、紀州はちょっと驚いた顔で聞いてくれた。

「毎日平均十時間か…。それは確かにハンデかもしれないね」

「はい」

値賀は紀州の反応を窺った。「このご時世、充分寝てる人のほうが少ないよ」とか、「慣れなんじゃない？」とか、今までさんざん言われてきた忠告とかアドバイスとか、紀州にされたら嫌だな、と内心で身構えていた。でも紀州はただ驚いている。

「あ、でも身体自体は丈夫なんです。風邪もめったにひかないし、疲れやすいってこともないですし。ただただいっぱい寝ちゃうっていう…。だからよけいに自分に腹が立って。大学のときはけっこう頑張ったんですけど、睡眠不足が続くと、突然スイッチ切れたみたいにものすごく眠っちゃうんです」

「ああ、それでこの前も玄関の前で倒れてたんだ」

「倒れてたっていうか、寝ちゃってたっていうか…。でもあれは本当にただ眠り込んじゃっただけです。病気じゃないんで、意識を失うとかってことはないんで」

もしも病気だったとしたら、もう少し諦めがつくような気がする。でも値賀の場合は病気ではないし、起きている限りは自分でも元気だなあと思うのだ。

「そうだね。値賀ちゃんは細いけど体力あるなあと思ってた。重いものも平気で運ぶし、集中力も続くし」

「これで俺が『加賀《かが》さん』…、降霊《こうれい》できるって意味なんですけど、それなら納得もいくんですけど。うちの降霊できる人間はだいたいみんなすごく眠る体質だったらしいんで。でも俺は降霊どころか霊視もできないですし」

「ああ、へえ」

降霊、霊視というワードに、紀州がとたんに微妙な表情を浮かべた。

「あっすみません。変なこと言って」

「いやいや、こっちこそごめん。俺、頭が固いからね」

「それが普通ですよ。でもこの辺ではうちの家系は特別で、だから俺、本当は実家に戻ったらヘルパーの資格とって介護の仕事をしようと思っていたんですけど、それも難しくて…」

人手不足の業界だし、値賀は人の役に立ちたいという気持ちが強い。長時間労働は不安だが、体力そのものには問題ないから、パートでなら雇ってもらえるのでは、と期待していた。でもだめだった。ひとまず働いてみよう、とあちこちで出ているアルバイトの募集に申し込んだが、「護杜さん」の家の人はちょっと、とどこの施設でもやんわりと断られてしまう。

「どういうこと？」

「――なんとなく怖い、ってことみたいなんです。そういう感情って理屈じゃないし、俺も想像でしかないんですけど、死んだ人の霊を呼ぶって家系の人間、病院とか介護施設みたいなところは不吉な感じがするんじゃないでしょうか」

「そんなものなのかなあ」

紀州はぴんとこないようだが、値賀はわからなくもなかった。

家族は無職で戻って来た値賀を何も言わずに受け入れてくれているが、いざとなったら森谷の名前の通じないところで介護のパートをしようかと考え始めていた。

「大学のときは、何かバイトとかしてたの？」

「家庭教師とか、飲食店の厨房《ちゅうぼう》とかを少し。でも俺の場合は夜が厳しいんで、なかなかバイトも見つからなかったです」

「そうか。昼間だけちょっとって確かに主婦の人も応募するから競争率高そうだね」

「ほかのことでも友達にいっぱい助けてもらってました」

親しい友達の間では値賀の長時間睡眠はネタ扱いで、ゼミ合宿や合同発表会などイレギュラーな行事のたびにみんな親切に助けてくれた。でも「助けてもらわないと回らない」こと自体に追い詰められ、気持ちに余裕がなくなった。

そして就活と卒論で、値賀はいっきに潰《つぶ》れてしまった。情けない。

「でも四年でちゃんと卒業したの、偉いよ」

「そうですかね？」

「うん。よく頑張りました」

なにげない言葉だったが、よく頑張りました、という一言は、値賀の弱いところにじんわりと沁《し》みた。

大学時代は楽しいこともいっぱいあったが、最終的には挫折《ざせつ》で終わった。

趣味と遊びを犠牲にしていれば済むくらいのときは、仕方ないな、で流せていたが、本格的に忙しい時期になると、なんでこんなに寝ちゃうんだ、と心底自分が嫌になった。いつも時間に追われ、必死でこなすべきタスクに取り組み、でもそれはぜんぶ「たくさん寝てしまう」ことが原因だ。だから値賀は自分が頑張ったとはとうてい思えないでいた。

でも、本当は頑張った。

本当に、本当に、精一杯頑張った。

「――紀州さん」

「うん？」

「ありがとうございます」

「なんのこと？」

「その、いっぱい話を聞いてくれて」

紀州はふっと口元を緩め、値賀の頭にぽんと手を置いた。眼鏡の向こうの目が優しい。

「俺でよかったら、いくらでも聞くよ。ただ聞くしかできないし、俺は頭が固いけどね」

目を見合わせて笑うと、値賀はじわっとお腹の中が温かくなるのを感じた。

「で、これどうするの？」

紀州がざるにあげていた根菜《こんさい》を揺すった。話しているうちに根菜類の下ごしらえが終わっていた。

「炒《いた》め煮《に》にします」

鍋に多めの胡麻油《ごまあぶら》を入れて熱し、そこに根菜を投入する。じゃっと景気のいい音がして、胡麻の香りが立ち上った。胡麻油が十分回ったところで出汁《だし》を入れ、火を弱める。

「あ、ご飯炊《た》けましたね」

鍋で炊いていたご飯をおにぎりにして、味噌を塗って焼く。香ばしい匂いに食欲が刺激された。

「餅《もち》みたいだ」

一口大の焼きおにぎりをほおばって、紀州が目を丸くした。

「うまい」

「ちょっと糯米《もちごめ》まぜてるんです。こっちもそろそろいいかな」

火にかけていた根菜もちょうどよく煮えた。まだ根菜の芯が残っている固さのところで味噌をとくのがコツで、それから蓋《ふた》をして蒸らす。

「明日は味がもっと沁みて美味《おい》しくなってますよ」

「この蒟蒻玉も美味い」

「ここの特産で、味が沁みやすいんです」

狭い簡易テーブルと折り畳《たた》み椅子に座り、味見からそのまま食事に突入した。

「蒟蒻が美味いと思ったの初めてだ」

紀州は箸《はし》づかいがきれいだ。でも食べかたはけっこう豪快《ごうかい》で、焼きおにぎりは一口で終わるし、ひきご汁もあっと言う間になくなった。

「お代わりしますか？」

「自分でやるよ、ありがとう。この味噌ってもしかしてお母さんの手作り？」

「そうです。ひきご汁ってその家の味噌で味が決まるんで、持って行けって」

「ふーん、だから美味いんだな。この前ご馳走《ちそう》になった炊き込みご飯も美味《うま》かった」

「じゃあ今度は炊き込みご飯作りましょうか」

「うん、いいね」

一緒に調理して、一緒に食べて、値賀はずっとうきうきしていた。

「紀州さんって、服のセンスいいですね」

紀州がシャツの腕をまくったのに目をやって、値賀は思っていたことを言った。値賀自身は、あまり目立ちたくないという気持ちから、いつも同じような無難な格好をしている。顔が人目を引く上、今は髪を肩まで伸ばしているのでそれだけで浮いてしまうが、これぱかりは仕方がない。

「そのシャツも、よく似合ってます」

「そうなの？　俺、服とかまったく興味ないから、ずっと同じの着てるんだよ」

「えっ？　でもそのシャツ新しいですよね？」

「うん。同じ店の、同じラインっていうのかな。だから厳密には違うんだけど、俺には違いがあんまりよくわかんないからさ。店員さんが覚えてて、いつものですよねってシーズンごとに揃えてくれる。面倒なくていいよ」

そんな服の買いかたをする人は初めてで、値賀はちょっと面食らった。

「この店の服は生地《きじ》がいいみたいで、着てて楽だから気に入ってるんだ」

デザインより着心地重視なのがいかにも紀州らしくて、値賀は「なんかいいなあ」と思った。たぶん紀州が着心地よりデザインを優先すると言っても、「いいなあ」と思ったはずだ。値賀にはもう紀州の言動すべてが素敵に映る。

「じゃあ俺、片づけしたら勝手に帰りますね」

あらかた食事が終わりかけたときに紀州の仕事用のモバイルが鳴った。出てください、と目で合図して、値賀は片づけのために立ち上がった。

「帰りは送るよ。ちょっと待ってて」

紀州が「もしもし」とモバイルを耳に当てて事務所のほうに行った。時計を見ると、二時を少し回っている。この時間帯はバスの本数が少ない。案の定、時刻表を確かめると三時までなかった。ゆっくり片づけて、バスの時間まで待たせてもらおう、と値賀はテーブルを片づけ始めた。

「あっ」

テーブルの端に置いてあった紀州のバインダーをうっかり落としてしまった。はずみで挟んであったカードのようなものも散らばる。値賀はあわててしゃがみこんだ。カードはプリントアウトした建物の写真だった。山の上の民家や京都の町家《まちや》、鄙《ひな》びた農家などの日本家屋ばかりで、素人《しろうと》の値賀が見ても美しい写真だ。そういえば値賀の実家に来たときも、紀州は興味深そうに柱などを触って見ていた。もしかしたら古い家が好きで、写真を撮るのが趣味なのかな、と思いながらプリントを拾い集め、バインダーに挟み直してテーブルに戻した。

「それは、今わかったんですか?」

事務所のほうから紀州の声がする。珍しく厳しい口調だ。

「ちょっと待っててください」

モバイルを置いてパソコンの前に座ると、小さく「まいったな」と呟くのも聞こえた。なにかトラブルがあったんだな、と値賀は邪魔しないようにできるだけ静かに片づけをした。

「これ、もう処理終わってますよ。……もう一回やり直すしかないですね」

しばらくしてまた電話でやりとりをしていたが、紀州が落胆するように言うのが聞こえた。

「わかりました。週末でまだよかったです。はい。いえ、…はい、それじゃ失礼します」

「どうかしたんですか？」

声をかけてみると、紀州はもう気を取り直した様子で「ちょっとね」と台所のほうに戻って来た。

「あ、もう片づけちゃったか。ごめん。じゃあ家まで送るよ」

「バスで帰れます。それより、なにかお手伝いできることあったらさせてください」

明らかに差し迫《せま》った状況のはずだ。

いや、でも、と押し問答《もんどう》になったが、値賀が「俺、帰ってもどうせすることないですから」と押し切った。

説明されても値賀には専門的なことはわからなかったが、測定データの解析を頼んでいる部署にトラブルがあって、もう一度送り直さなくてはならなくなったらしい。

ずっと値賀が入力してきたデータも打ち直しになっていて、「正直、助かる」と言ってもらえて嬉しかった。

夕方まで二人で手分けして修正をかけ、相手から「ご迷惑かけました、うまくいきました」という連絡をもらったときには七時を過ぎていた。

「はー、とりあえずなんとかなってよかったよ」

「お疲れさまです」

「値賀ちゃんこそ。ちゃんと今日のぶんも日当に入れとくからね」

お腹空いたね、とさすがに疲れた顔の紀州が冷蔵庫を開けた。

「さっきのひきご汁、あっためましょうか」

「そうだね。はい」

ビールを一本手渡され、焼きおにぎりと根菜汁の残りで「乾杯」と慰労《いろう》し合った。

「そういえば、さっきこのバインダー落としちゃって。中の写真見てしまいました。すみません」

値賀はテーブルの端に置いたままだったバインダーに気づいて、紀州に謝った。

「写真?」

「町家とか、茅葺《かやぶき》の民家とか」

「ああ、あれか」

「うちに来たときも、紀州さん柱を見てましたよね。古い建物が好きなんですか?」

「俺っていうより、…友達が好きだったんだ。俺は構造物の設計のほうだったんだけど、友達は建築をやってたから」

友達、と言うとき、紀州がほんの少し口ごもった。直感的にその人はただの友達じゃない、と感じた。

「写真、綺麗でした」

「カメラもそいつの趣味だったからね。飽きっぽいやつだったからすぐやめちゃったんだけど。あ、しまった。飲んじゃったな。車で送るつもりだったのに」

もう一本、と冷蔵庫を開けかけていた紀州が慌てた声をあげた。

「ごめんな。すっかり忘れてた」

「いいですいいです、最初からバスで帰るつもりでしたから。…あ、でも」

今日は土曜だった。嫌な予感がしてスマホでバスの時刻表を確認して、今度は値賀が「しまった」と頭を抱えた。

「今日は町村《ちょうそん》バス、七時が最終だった…!」

民間バスは平日ダイヤだが、そっちは途中までしか走っていない。

「タクシー呼んだらいいよ。領収書もらってくれたら交通費で請求できるし」

「いえいえ、迎えに来てもらいますから。ただ、今日は姉と母が出かけてるんですよね。たぶん父さんはもう晩酌《ばんしゃく》始めちゃってると思うから、少し待たせてもらってもいいですか?」

「それは、俺はぜんぜんいいけど。それとも、いっそのこと泊まって行く?」

紀州がいいことを思いついた、というように提案した。

「えっ?」

「どうせ明日も休みだし、値賀ちゃん寝るの早いんだろ?」

「でも、布団が…」

「寝袋あるんだ」

紀州がパソコンの足元を指さした。

「会社から帰れないときに使うの、こっちに持ってきてたから。値賀ちゃんは俺の布団になるから悪いけど」

「いいえ、そんな」

いつの間にか泊まって行く流れになっていて、値賀はどきまぎした。

「いいんでしょうか」

「もちろんいいよ」

じゃあ家に連絡しときます、とスマホを取り上げながら、値賀は紀州の「友達」の話が途中になっちゃったな、と思った。紀州の態度はごく自然で、はぐらかされたとは感じなかった。でも積極的に話したいことでもなさそうで、その曖昧《あいまい》さが値賀の心に引っ掛かった。

建築を勉強していて、カメラが趣味。でも飽きっぽい。ハイセンスでちょっとわがままな人なのかな、などと想像し、ふと紀州が服を買っている店も、もとはその人が教えたんじゃないかと思いついた。きっとそうだ。

「紀州さんは、東京で待ってる人とか、いないんですか?」

精一杯のさりげなさを装《よそお》って、値賀はスマホを操作しながら思い切って訊いた。

「俺は一人暮らしだよ」

「じゃなくて、その、つ、つき合ってる人は? いないんですか?」

「残念ながら、いませんよ」

紀州がとぼけた口調で答えた。その返事をなかば予想していたが、はっきり「恋人はいない」と聞くと鼓動が跳ねた。

「紀州さん、格好いいから、ぜったいいると思ってました」

「値賀ちゃんこそ、いないの?」

紀州の態度はまったく普通で、値賀がどきどきしながらやっとの思いでした質問を、ただの世間話のような調子で訊き返してきた。値賀に恋人がいるかどうかなど、彼にとってはたんなる雑談だ。あたりまえだと頭ではわかっていたが、やはりちょっと落胆した。

「俺は…、そんな余裕なかったですから」

大学時代に、女の子から何度か告白された。異性は恋愛の対象ではなかったから断ったが、そうでなくても気持ちに余裕がなくて、つき合うのは無理だったと思う。

「それに、夜九時には眠いって男、そもそもつき合ってもつまらないですよ」

冗談めかして笑って言うと、紀州も笑った。

「九時かあ。じゃあ、先に風呂入って寝る用意しとこうか。そしたら安心してゆっくりできる」

紀州が腰を上げた拍子《ひょうし》に、またバインダーが落ちた。

「あーあ」

中に挟んでいた写真も散らばる。

値賀は無意識に紀州の横顔を凝視していた。紀州は写真を拾い集めると、バインダーを開いて内側のポケットに収めた。その表情には特別なものは浮かんでいない。少なくとも、値賀の目にはそう映った。

でも胸がふさいだ。

友達、と言ったけれどきっと恋人関係だった人だ。今つき合っている人はいないと言ったのだから、その人とはもう別れたってことか。

どんな人なんだろう。いつ別れたんだろう。

値賀はぬるくなったビールを一口飲んだ。

憧れから、気持ちが一歩先に進んでしまっている。

まだ恋のとば口で、引き返せるところにはいる。

扉を開けて、中をのぞいてみたい。でも怖い。中に入っていける気もしない。そもそも本当に入りたいのかもわからなかった。

ただ初めて探し当てた扉が慕《した》わしくて、値賀はいつまでもそこに立っていたい気がしていた。


いつか見た夢を、また見ていた。

典雅《てんが》で明るい楽曲に合わせ、菩薩《ぼさつ》さまがひらひらゆるゆる天空を舞っている。あ、またこの夢だ、と値賀は片足でぽん、と雲を蹴《け》って、ふんわり空に舞い上がった。両手を翼のように動かすと、面白いようにすいすいと上昇していく。

尾の長い鳥がゆるりと値賀の横に並び、また会ったわね、とばかりに旋回して値賀の腕や足につるつるなめらかな尾を触れさせた。半透明に輝く小鳥たちも値賀の周りでさえずっている。気持ちがよくてぷかぷかしていると、値賀、と呼ぶ声がした。思った通り菩薩さまの装束《しょうぞく》をつけた祖母が慈愛に満ちたまなざしでこっちを見ていた。値賀はそのふくよかな膝にまろびこんだ。値賀の記憶にはないけれど、よくこうして祖母に甘え、髪を撫でてもらっていた、とうっすらと思い出す。

「おばあちゃん」

猫みたいに撫でられてうっとりしていたが、値賀はふと菩薩装束の祖母のうしろに誰かいるのに気がついた。

楽団やおつきの者はみなひらひらした衣装をまとっているのに、その人だけはなぜか現代人で、しかもダメージジーンズに凝《こ》った素材のシャツというい で立ちだった。思い切り異質だ。

「おばあちゃん、なんかうしろに一人だけ作画の違う人がいるけど…」

値賀が言うと、菩薩姿の祖母はほほほ、と笑った。後ろの人も何か言ったが、聞こえない。

「なんですか?」

近寄ろうとしたら、ぐん、とすごい勢いで引力が働いた。

「あっ」

はるか遠くの地球にがーっと引き戻されていく。あわわわ、とバランスを崩して、はっとした。

「あれ…?」

ちょっとごわついた毛布を抱えて、値賀は目を覚ました。

染みのできた天井、プラスチックの安っぽい照明カバー、見慣れないものばかりで、値賀は瞬《まばた》きを繰り返した。

「ここって…、あ、そっか」

紀州の事務所の二階だ。

がらんとした和室で、値賀はひとりだった。

昨日、小さな浴室でシャワーをしたあと、コンビニで買って来た下着と紀州が貸してくれたホームウェアに着替えて、しばらくとりとめのないおしゃべりを楽しんだ。

紀州の実家は工務店だとか、もう兄夫婦が跡を継いでいるとか、甥《おい》っ子と犬が可愛いとか、ほんとうに他愛《たわい》のない話だったけれど、値賀にはとても興味深かった。

紀州のことならなんでも知りたい。どんな些細《ささい》なことでも知りたい。

バインダーに挟んでいる写真のこととか、その写真を撮った人のこととかも。

でも切り出せないうちに九時を回って、十時前にはどうしようもなく眠くなった。「そろそろ寝たほうがよさそうだね」と紀州に言われて二階に上がった。

いつものようにあっと言う間に寝入ってしまい、あとのことはぜんぜん覚えていない。

起きなくちゃ、と思いながら一度大きく伸びをすると、半分だけ開いている窓に、寝袋が干してあるのが目についた。紀州さんが隣で寝てたんだ、と値賀はがばっと起き上がり、ついでに枕元に置いてあったスマホで時間を見てぎょっとした。もう九時半だ。いくらなんでも寝すぎだ、と慌てて飛び起き、布団をたたんだ。ロングスリーパーの値賀でも、いつもならまだ知り合って間もない他人の家でここまでは眠らない。っていうか、ふだんより長く寝ているくらいだ。なんで今日に限って、と焦《あせ》りながら着替えようとして、大きすぎるTシャツと、ぶかぶかのハーフパンツを着ていることに気づいた。紀州さんの服を借りて寝たんだった、と値賀は今さら意識して赤くなった。洗って返さないと、と小さくたたみ、大事に荷物の中に入れる。

「紀州さん、おはようございます」

「あ、おはよう。よく眠れた?」

値賀がおそるおそる階段を下りて行くと、紀州は台所でコーヒーを飲んでいた。もう一仕事終えたあとのようで、一息入れよう、というようにリラックスした様子でタブレットの動画を見ている。

「すみません、遅くまで寝てて…」

他人の家でこんなに寝るのは俺くらいだ、と思うと恥ずかしい。

「いやいや。値賀ちゃんに自分が寝てるとこ見せてあげたいな。すごく可愛いよ」

紀州が思いがけないことを言った。

「えっ?」

「俺が二階に行ったら、値賀ちゃん、もうくうくう寝ててね。見たら、こう、手足丸めてて、ちょっと笑った顔してて、見たらなごんじゃって、つい頭撫でちゃった。ごめんね」

いつものやわらかな口調には、呆れた様子も、驚いた様子もない。

「か、かお、洗ってきます」

突然目の奥が熱くなって、値賀は慌てて浴室のほうに逃げ込んだ。

——値賀ちゃん、もうくうくう寝ててね。見たらなごんじゃって。

値賀は勢いをつけてざぶざぶ顔を洗った。

——寝てるとこ、見せてあげたいな。

ずっと値賀は自分の長時間睡眠がコンプレックスだった。体質だからしょうがない、とわかっていても、役立たずの怠《なま》け者だと感じてしまう。

それを憧れの人に「寝てるの見て、なごんじゃった」と言ってもらえて、ほんの少し自分を許せるような気がした。

あ、だめだ。

タオルを顔に当てたまま、値賀はちょっと泣いてしまった。

好きだ。

もうだめだ、あの人が好きだ。

夢の中で髪を撫でてくれたのは、きっと紀州さんだった。

紀州が自分を気に入ってくれているのは間違いないと思う。

けれどそれは犬とか親戚の子とか、ちょっと構って可愛がる対象としてだ。値賀の「好き」とは種類が違う。わかっているけど、もうだめだ。相手にされるわけもないのに、一回息をするごとに好きになってしまう。加速がついている。どうしよう。

タオルを離して、値賀は鏡の中の自分を見つめた。赤い目をした自分が、情けない顔でこっちを見ている。

値賀ちゃん、と呼ぶのを許可してしまったことを、値賀はほんの少しだけ後悔した。

4

温泉施設建設予定地の地盤調査は、予定通り三週間で終わった。

協力してもらっていた地元の建設会社も一緒に打ち上げをして、若手の四人は土曜のうちに東京に帰って行った。紀州《きしゅう》だけは事務所をたたむために週末は残り、値賀もその手伝いをすることになっていた。

日曜の朝、値賀《ちか》は事務所に向かうため、ぼんやりバスに揺られていた。

あっと言う間の三週間だった。

毎朝「紀州さんに会える」と元気に飛び起き、でも一日一日お別れが近づいて悲しくなった。

昨日の打ち上げで、値賀は思いがけず若手四人組に「お世話になったから」とコーヒーチェーンのプリペイドカードをもらってしまった。彼らの苦手な書類仕事を肩代わりしていただけだったからびっくりしたし、恐縮した。紀州も「値賀ちゃんが手伝ってくれて本当に助かったよ。ありがとう」とねぎらってくれた。

でももう紀州は値賀の頭にぽんと手を載せたりしないし、冗談半分にからかったりもしない。

値賀の気持ちに気づいているからだ。

本当に好きになってしまってから、気まずくなりたくなくて、値賀は一生懸命自分の気持ちを隠していた。でもこれが初めての恋の値賀が上手にふるまえるはずもない。

二回目の週末も紀州はこちらにいるというので、値賀は勇気を出して「せっかくだから、この辺の観光をしてみませんか」と提案した。紀州が東京に帰ってしまったら、もう二度と会うことはない。だから思い出がほしかった。

そのときにはもう紀州はうっすらと値賀の想いに気づいていたのだと思う。返事に迷っている気配があった。それでも「いいね」と応じてくれたのは、たぶん祈るように返事を待っている値賀があまりに必死で可哀想になったからだろう。

「朝十時に事務所に集合で、帰りは夕方五時に値賀ちゃんちまで送って行きます。運転は俺、ナビは値賀ちゃん。プランは任せるよ。それでどう？」

「了解です」

終わりの時間を設定されても、つまりは「いい雰囲気にはならないよ」と意思表示されても、それは値賀にとって生まれて初めてのデートだった。

ぜったいに湿っぽいことは考えないぞ、と決めて、値賀は全力で初めてのデートを楽しむことにした。遠出するには時間がなくて、有名な古墳《こふん》や神社をいくつか回って、ランチだけは海の見える展望レストランに行った。

「すごいね、海が見える」

ランチタイムぎりぎりで、ちょうどよく窓際の席が空いていた。二人掛けのテーブルについて、紀州が眺望のよさに目を丸くした。

「さっき雨が降ったからですね。いつもはここまできれいに見えないですから、お客さまはラッキーです」

オーダーを取りに来た店員が言ったとおり、空気が洗われてすべての色が鮮やかだった。陽光を浴びる濃い緑のはざまに、青い海が輝いている。

「それにしても、おかしな天気だったよね、今日は」

「ですね」

朝から雨が降ったりやんだりで、それも急にざっと降ったかと思うと次の瞬間には晴れ間が出たりする。紀州に同意しつつ、値賀はなんだか自分の初めてのデートを誰かが応援してくれているような気がしていた。なにせ雨が降り出すのがいつも絶妙のタイミングなのだ。

「鬼の居室」という俗称のついた竪穴《たてあな》古墳では巨石で組まれた入り口を見ていたら降り出したし、星読み神社というロマンチックな名前の古いお堂でもやっぱり雨宿りをするはめになった。二人きりでさーっと下草を濡らしていく雨音を聞くのは、値賀には心ときめくひと時だった。今日はどきどきを楽しむぞ！　と意気込んでいたから、値賀は遠慮するのはやめた。素直に「一緒に写真撮ってください」とお願いしてツーショットの自撮りもしたし、ランチはいかにもデート用のこの店を選んだ。

紀州は初めのうちこそやや困惑している様子だったが、あまりに値賀が開き直って楽しんでいるせいか、徐々に同じテンションでつき合ってくれた。

「今日は本当にありがとうございました」

お洒落《しゃれ》なランチをゆっくり味わい、デザートまで堪能《たんのう》すると、もう夕方近くになっていた。

「すごく楽しかったです」

車を出してもらったお礼にランチはご馳走《ちそう》させてもらおうと思っていたのに、値賀がそう言おうとしたときにはもう精算は終わっていた。

「値賀ちゃんはご馳走《ちそう》さまって言えばいいんだよ」と笑って言われて、甘えてしまうことにした。

「紀州さん、そこにバス停あるんです。四時半に次が来るから、俺はそれで帰ります」

店を出て、値賀は駐車場に向かおうとしている紀州に言った。昨日のうちにプランを練って、最初からここでさよならしようと決めていた。

「なんで？　家まで送るよ」

紀州がびっくりした顔で振り返った。

「それに、まだ五時じゃないでしょう」

紀州が冗談めかした調子で言った。紀州さんも俺といるのが楽しくて、名残惜《なごりお》しいと思ってくれてるのかもしれない、と値賀は自分に都合のいい解釈を採用した。それで思い切れた。

「家まで送ってもらったら、五時過ぎちゃいますよ。約束守れないから、ここで終わりにします」

値賀はぺこりと頭を下げた。

「今日はわがままきいてくれてありがとうございました。あと一週間、よろしくお願いします」

紀州が何か言いかけたが、ちょうどよくバスが坂道を上がってくるのが見えた。

「じゃあ、また明日！」

手を振って、値賀はバス停に向かって走り出した。

「値賀ちゃん！」

紀州が大声で呼び止めた。

「虹だ」

えっ、と思わず足を止めて紀州が指さしているほうを見上げると、本当に大きな虹がかかっていた。

「また明日ね」

「はい！」

うわあ、と一瞬見惚れ、それからまたダッシュでバス停に向かった。「展望レストラン前」は時間調整に数分停車する。乗り込んでから少しすると、紀州の車が駐車場から出てきて、バスの横を通り過ぎるときに軽いクラクションを鳴らした。

坂を下りていく紀州の車を見送って、値賀はその向こうの空にかかる虹を写真に撮った。まるでドラマか映画のポスターのように、坂を下る車の向こうにくっきりとした虹が出ている。スマホの画像を確かめて、値賀は大事に保存した。

今日の空は、本当に俺に優しい。

初めてのデートを、最後まで応援してくれた。

だから値賀も楽しかった、とそれだけを胸にしまった。最後に虹のリボンをかけて。

そのあとの一週間も、値賀はよけいなことは考えずに仕事を頑張った。

今日事務所の片づけを済ませたら、紀州は明日東京に帰ってしまう。

「おはようございます！」

ぐっと腹に力を入れて、値賀はいつものようにスイングドアを押した。

「おはよう」

覚悟していたが、事務所の中はもうがらんとしていた。

「機材は昨日出したから、あとはレンタル用品の引き取りが午後に来て、不動産屋さんに鍵返して、それで終わり」

「じゃあ掃除ですね」

「うん。悪いけど掃除機も返却するから、その前にざっと二階から掃除機かけてくれる？」

「はい！」

二階に上がるのは、泊めてもらったとき以来だ。もともと荷物は少なかったが、布団袋と折り畳みのテーブルがあるだけで、すっかり片づいてしまっていた。部屋の隅にはグレーのスーツケースもある。

急に持っていた掃除機が重たくなった。

本当に、今日でお別れなんだ。

紀州のスーツケースを目にして、突然、そのことがリアルに迫《せま》った。

最初から三週間しかいない人だとわかっていたし、だから値賀は懸命に自分の気持ちを真正面からは見ないようにしていた。紀州に気まずい思いをさせたくなかったし、自分も傷つくのは嫌だ。

でもこのまま何も言わずに終わったら、本当になにも残らない。

紀州はきっと自分のことなんかあっと言う間に忘れてしまう。

それは嫌だ。それはさみしい。

値賀は窓を開けて掃除機のコードをコンセントに差し込んだ。考え込みそうになるのをふりはらうように、部屋の隅から丁寧に掃除機をかけていく。掃除に集中しようとしたが、どうしても紀州のスーツケースに目がいった。

「値賀ちゃん」

「うわぁっ」

掃除機をかけていたから、紀州が二階に上がって来るのに気づかなかった。急に声をかけられてびっくりして飛び上がった。

「なに驚いてるの」

転びそうになってなんとか体勢を立て直している値賀に、紀州がおかしそうに笑った。

「すみません、もうちょっとで掃除終わりますから」

「いや、それはゆっくりでいいよ。そうじゃなくて、俺も岡本君たちみたいに値賀ちゃんになにかお礼がしたいんだけど、おじさんには若い子になにあげたらいいのかわからないから、もう直接訊こうかなと思って」

昨日、打ち上げのときに若手組からカフェのプリペイドをもらっているのを見て、自分も、と思ったらしい。

「野暮《やぼ》ったいけど、要《い》らないものもらってもしょうがないだろうし、東京からでも送るから、欲しい物あったら教えて」

「そんな、お礼するのはこっちのほうです」

「そんなことないよ。値賀ちゃんがいなかったら三週間きっちりで仕事終わらなかったかもしれない。気持ちだから」

「じゃあ…」

固辞《こじ》しようと思ったのに、値賀は、突然決心した。

「と、泊めてもらったときに紀州さんからお借りしてた服、返さなくてもいいでしょうか」

「えっ？」

洗ってからお返しします、と持って帰ったTシャツとハーフパンツを、値賀はぐずぐず手元に置いていた。今日こそ返さなくちゃ、とリュックに入れていたが、本当は欲しかった。

紀州が困惑している。どうしてそんなものを欲しがるのか、言わなくてもわかっているはずだ。

「だめですか？」

「いや、それはいいけど…」

値賀はぱっと頭を下げた。

「ありがとうございます。大事にします！」

「いやいや、あんなの大事にしなくていいよ。それよりもっと他に欲しい物ない？」

紀州が慌てたように言ったが、値賀はうつむいたまま首を振った。

どうせ紀州は値賀の気持ちを知っている。言葉にしてもしなくても、結果は同じだ。

「紀州さん」

開けっ放しにしていた窓から、強い風が吹き込んできた。古いサッシがきしむような音を立てる。紀州がベランダまで行って窓を閉めた。風の音がしなくなると、二人きりだ、と強く意識した。

「あの」

言うなら今だ、と心の中で誰かが背中を押した。値賀は息を吸い込んだ。

「も、もうとっくにわかってると思いますけど、俺はゲイで、…きっ、紀州さんのことが、す、好き、なんです」

言っても言わなくても結果は同じだ。でも言わなかったらきっと紀州は自分のことなんかあっと言う間に忘れてしまう。

せめてちょっとでも記憶に残りたくて、値賀は勇気を振り絞った。こっちを振り返った紀州は驚いたように目を見開いていた。

「言いたかっただけだから、そ、そんな顔しないでください」

紀州の視線がうろうろと定まらない。値賀は精一杯の力で、紀州の「ごめん」を受け止めた。

「値賀ちゃん」

掃除の続きをしよう、と値賀が掃除機のヘッドに手を伸ばすと、紀州が大股で値賀のそばに戻って来た。

「もう掃除はいいよ。ちょっと下で話そうか」

お断りを丁寧にされるのも辛《つら》いな、と思ったけれど、拒否権などない。値賀は紀州のあとについて階段を下りた。

「――わかってるから打ち明けてくれたんだろうけど、俺もゲイだよ」

階段を下り切ったところで紀州が足を止めて言った。

「それで、俺も値賀ちゃんのこと、可愛いなと思ってる」

肩越しに振り返った紀州と目が合った。可愛いなと思ってる、という言葉を受け止める前に、眼鏡の向こうの暗鬱《あんうつ》な眸《ひとみ》に値賀は息を呑んだ。

「俺には、忘れられない人がいるんだ」

階段を下りる途中だった値賀は、紀州を見下ろす位置にいた。いつも見上げている人とかわす視線が下になるのがなんだか不思議だ。

「友達、って言ってた人ですか」

バインダーに挟んでいた写真がすぐ脳裏《のうり》に浮かんだ。

「建築やってて、古い建物が好きだって言ってた人？」

覚えてたのか、というように紀州がわずかに瞠目《どうもく》した。

「そう」

「同じ大学の人だったんですか？」

「一応ね。でもつき合うようになってすぐあいつは大学辞めちゃったから、同じ大学って感じはないな」

紀州の口調には、ある種の情感がにじんでいた。愛《いと》おしむような、寂しがっているような、複雑な感情が伝わって来る。

「別れたりやり直したりを何年もやって、もう好きとか嫌いとかじゃ片づけられなくなってる。だから俺はもう他の人とは恋愛しないって決めてるんだ」

紀州が話すのを、値賀は全身で聞いた。値賀は紀州にとって、自分より十も年下の、ただの短期バイトだ。ありがとう、ごめんね、だけで返事は充分なはずだ。

わざわざこんなふうにきちんと断りを言ってくれることに、値賀は感動した。

「大丈夫です。本当に、ただ好きだって言いたかっただけですから」

言いながら、九割は本当だけど、一割くらいは「もしかして」と思ってたな、と自分の本音を噛みしめた。紀州は「つき合ってる人はいませんよ」と言ったし、値賀のことを「可愛い」と言ってくれたから。

でも、今の話を聞いて納得した。つき合ってる人はいませんよ、と言ったけれど、それは「今は」という但《ただ》し書きつきだった。今は、別れたりやり直したりの「別れたり」の期間で、きっとすぐまた「やり直したり」のタイミングが来る。そういうことだ。

「値賀ちゃんはすごくいい子だよ」

紀州の声は柔らかかった。

「だからきっとすぐ、値賀ちゃんにふさわしい人が見つかると思います」

俺はあなたがいいです、と言いたかったけれど、値賀は一生懸命我慢した。

「ごめんなさい。最後までお手伝いしたかったんですけど、俺、帰りますね。ほ、本当にごめんなさい」

急に喉《のど》の奥から熱いものがこみあげてきて、値賀は焦《あせ》った。紀州の前で泣くのだけは嫌だ。

「こっちこそ、いろいろありがとう。ごめんね。元気で」

手を差し出されて、値賀は形だけ握った。涙をこらえるのに精いっぱいで、荷物をつかむと外に飛び出した。

商店街を早足で歩く。

シャッター通りは歩いている人もほとんどいない。値賀はうつむいてどんどん歩いた。喉の奥が熱くなって、つんと鼻が痛くなる。まだだめだ、まだだめだ、と泣きそうな自分を叱咤《しった》して、値賀はとうとう走り出した。商店街を抜けて、大通りに出て、バス停も通り過ぎる。

息が切れて、足が痛くなって、それでも走った。

県道沿いの雑草の生えた道を走れるだけ走って、中学校のフェンス沿いでついに足が動かなくなった。フェンスに背中を預けるようにして、値賀は空を見上げた。

初夏の空は雲一つなく、からっぽみたいに青かった。


家についたのは昼前で、値賀はぼんやりと玄関でスニーカーを脱いだ。玄関から二階にあがろうとしていると居間のほうで姉と母親がのんびり話をしているのが聞こえてきた。今日は二

人とも休みのようだ。

「値賀？」

「あ、ただいま」

黙って自分の部屋に引っ込もうとしていたが、姉に気づかれた。

「早かったね。お昼は？　食べたの？」

「うん、食べてきた」

食欲などなくて、値賀は嘘をついた。

「値賀」

しょんぼりしている値賀を姉が見過ごすはずもなく、部屋に入るとすぐドアをノックされた。

「どうした？」

「ちょっと疲れただけ」

ここしばらく姉も忙しくしていてあまり顔を合わせていなかった。

「今日でバイト終わりなんだってね」

「うん」

ベッドに並んで腰かけて、値賀はどうせなにもかもお見通しなんだろうな、と思いつつ元気な顔をつくった。

「それより姉ちゃん、結婚するの？　おめでとう」

さっき母親としていたのはその話だ。

姉の婚約者は幼馴染みだが、昔からのつき合いというわけではなく、実家の果樹園を継ぐためにUターンしてきて、姉と恋仲になった。「護杜《もりや》さん」である姉との結婚にはいろいろな葛藤《かっとう》もあったようだが、一番のネックは「森谷《もりや》家の女は婿養子《むこようし》をとる」という決まりのようだった。彼氏自身は早いうちに腹を括《くく》ってくれていたようだが、親族の中には反対する人もいた。

「圭介《けいすけ》さん、うちに来てくれるの？」

「結局そうなった。あたしの霊視《れいし》の最弱ぶりからしても、もう視《み》える子なんて産まれない気がするんだけど、万が一のときはやっぱり森谷の名前はいるだろうってことで。その代わり圭介の家の敷地に家建てて住むってことになったの」

「そうなんだ」

結婚後は夫の実家で敷地内同居するのがこのあたりでは一般的だ。婚約者の家は実家からも近いので、落としどころとしては妥当だろうな、と値賀も思った。

「だからさ、値賀は好きなだけここにいたらいいんだからね？」

「え？」

突然話が変わって戸惑ったが、少し考えて、ああ、と値賀は苦笑した。姉夫婦がこの家で同居することになったら、確かにちょっと居心地が悪くなるかもしれなかった。

一度だけ、姉の前で「おれって役立たずだ」と大泣きしたことがある。中学のときだ。そのころはまだ四十九日や初盆《はつぼん》に「護杜《もりや》さん」を呼びたがる年配者は多く、祖母亡きあと、姉はずっと一人であちこちに引っ張りまわされていた。大好きな姉が消耗《しょうもう》していくのを見るのがつらくて、なにか手助けをしたくて、でも値賀にはなんの能力もない。

値賀の容姿を見て「もしや『加賀《かが》さん』なのでは？」と期待する人は多く、そしてがっかりされるたびに、値賀は少なからず傷ついていた。

「おれは『加賀さん』どころか『護杜さん』でもないし、男だから子どもも産めないし、それなのに寝てばっかりで、ぜんぜん役にたたない」

その日、有賀《ゆか》はめずらしく風邪を引いて寝込んでいた。このごろ忙しかったからね、と母親が言っているのを聞き、値賀はなぜか自分のせいだ、と感じて悲しくなった。

「なーにくだらないこと言ってんの」

有賀はそのときも乱暴に値賀を励《はげ》ましてくれた。

「しっかりしろ、値賀。考えすぎだ」

そしてそのあと、両親や親戚とも相談し、「ご祈禱」を値賀が代行することになった。大学に入ってからもお祓《はら》いやご祈禱のときには帰省していたが、それも徐々に数が減り、最近では年に一度あるかないかだ。

この先、自分はなにを拠《よ》りどころにして生きていけばいいのかと時々値賀は途方にくれてしまう。

「心配させてばっかりで、ほんとごめん」

せめて姉や両親を安心させたいのに、と思うとなおのこと自分が情けなかった。

「本当だよ。値賀にも早くいい人できたらいいいんだけどなー。こんな田舎じゃなかなか厳しいよね」

「今ふられたばっかりだし」

今さら隠しても仕方がない。有賀がわずかに目を見開いた。

「紀州さん？」

「うん」

「そうか…。残念だったね」

白状した値賀を慰《なぐさ》めつつ、有賀は憤然と腕組みをした。

「畜生。あたしの大事な弟をふるとは、許せんな」

「あは、でもしょうがないよ。最初から無理だってわかってたし。それに、紀州さんちゃんと俺の話聞いてくれたし、す、好きな人がいるんだって、教えてくれたし…」

まだ胸がずきずきするが、仕方がないと思っているのは本当だ。

「彼氏持ちだったか」

「んー、別れたりやり直したりの繰り返しで、今は別れてるっぽいんだけど」

「腐《くさ》れ縁《えん》ってやつか。やっかいだね。――値賀」

「ん？」

有賀が、ふとまた値賀の後ろに目をやった。

「あんたずっと同じのが憑《つ》いてるね」

「そうなの？」

「うん。値賀がこんなに同じのに憑かれてるのって、初めて視るな…」

姉がじいっと目を凝《こ》らすと、自分には視えないとわかっていてもついつい後ろを振り返ってしまう。

「そういえば姉ちゃん前もそう言ってたね。え、じゃあそのときから？」

「うん、同じ霊。でもよく視えないんだよなあ…若い男で、うーん…やっぱりこの土地の人間じゃないね。だから余計に視えないんだな」

「え？　この辺の人じゃないって、じゃあ遠くからここまでわざわざ来たってこと？」

「――なんか言いたいことがあるっぽいなあ…」

有賀は集中している。邪魔しないように、値賀はなんとなく背筋を伸ばした。それにしても、ずっと俺のうしろにいたということは、紀州さんにふられて泣いているところも見られたわけか、とちょっと恥ずかしい。まあ死んだ人間から見たらささいなことで、気にするほどのことでもないだろうが。

「――だめだ。ごめん」

有賀が止めていた息をはあっと吐いた。

「いいよ、別におれに害があるわけじゃないんでしょ？」

「いや、その霊に謝ったの。あたしの能力がいまいちなばっかりに、話聞いてやれないから」

「ああ、そっち」

「君が何か言ってるのはわかるんだけど、うまく聞き取れない。申し訳ない」

姉が値賀の後ろにぺこりと頭を下げた。

こちらから話を聞きたい、と霊を降ろすことのできる「加賀さん」と違い、「護杜さん」は向こうから話しかけてくるのを聞くことしかできない。でもそれは「聞いてほしいことがある」ということでもある。

「でも、なんでこの土地の人でもないのに俺に憑いてるんだろ」

「ゲイだからじゃない？」

有賀はこともなげに言った。

「へっ？」

「値賀に憑いてる霊も、生前は同性と恋愛する人だったんだよ。言ったでしょ。オーラの色でわかる」

「えーっ、そうなの⁉　死んでもゲイはゲイなの？　煩悩《ぼんのう》ってなくならないの？」

「煩悩とか、そんなのあたしにわかるわけないっしょ。けど、この色はそうだもんね」

後半は霊に向かって話しかけ、有賀は一人でうなずいている。

「そうか、死んでもゲイはゲイか…」

びっくりしたついでに、値賀は妙にしみじみした。どういう理由で値賀に憑いているのかはわからないが、きっといろんな生前の想いがあるのだろう。

「ねえ、値賀」

値賀の後ろに目をやったまま、有賀がふっと息をついた。

「人ってなんで大事なことを生きてるうちに言わないんだろうね。死んでからあたしに伝えてくれ伝えてくれって、そんなに言うなら死ぬ前にしっかり自分の口で伝えなよっていつも思うよ」

有賀がたまにこぼす愚痴《ぐち》だ。

「死んでからわかったってこともあるんだろうけど、七割がたぐずぐずしてるうちに死んじゃうんだよねえ」

「そうだよね…」

なにごとも生きているうちが花だ。そう思うと、急に力が湧《わ》いてきた。

「姉ちゃん」

「ん?」

紀州とは、もう二度と会うこともない。明日は彼に会える最後の日だ。

「俺、明日紀州さん見送りに駅まで行ってくるよ」

今日は泣きそうになって、ろくにお礼も言わずに逃げるように帰ってしまった。せめてちゃんとお別れを言いたい。

「そっか」

値賀の決心を、有賀はいつものように応援してくれた。

「後悔しないように、頑張っといで」

よし、と気合を入れて、値賀は次の日の朝、駅に向かった。

新幹線の駅まで、特急で四十五分かかる。特急は本数が少ないので、紀州がどれに乗るかはだいたい予想がついた。市役所に出さなくてはならない書類があると言っていたから、それが終わって駅に向かうとして、十時ちょうどか、十一時半。その次は午後二時までない。

見送りに行ったりして嫌がられないだろうかと心配だったが、値賀は鈍感になると決めた。

ロータリーのバス停から駅舎に入ると、十時の電車にはまだ二十分ほどあったが、大きめの荷物を持った人がもうぱらぱらと待合にいた。紀州はいない。念のために改札から上りのホームを見たが、そちらにも背の高い男の姿はなかった。

電車の時間ぎりぎりに来たら、本当にひと言ふた言交わすしかできないが、それでもいい。ありがとうとさよならを、顔を見てちゃんと言いたかった。

結局、十時の電車に紀州は来なかった。

じゃあ十一時半の電車だ、と値賀は駅の出入り口が見える待合の椅子に腰を下ろした。

十時の電車まではそこそこ乗降客がいたが、普通電車が発着するたびに数が減り、十一時を回るとぐっと人の数が減った。紀州はなかなか来ない。

スーツケースもあるから、ぎりぎりに駆け込むようなことはないと思っていたが、十分前になってもまだ現れなかった。もしかして予定が変わって昨日のうちに帰っちゃったのかも、と値賀は不安になった。市役所に行く用事がなくなればそのほうが合理的だ。

五分前になっても姿を見せない紀州に、値賀は「やっぱり縁がなかったんだな」とほろ苦い思いをかみしめた。

未練がましく十一時半の特急が出るのを見送り、値賀はのろのろベンチから腰を上げた。

駅舎から出て、バス停のあるロータリーに向かいかけ、そこで値賀は足を止めた。

「紀州さん？」

「あれっ」

タクシー乗り場のほうから、スーツケースを転がしながら背の高い男がゆっくり歩いてくる。

「値賀ちゃん」

紀州もびっくりしたように早足になって値賀の前まで来た。

「どうしたの」

「あっ、あの、えっと…、紀州さんの、み、見送りをしたくて。でも特急、ついさっき出ちゃいましたよ」

「うん、なんかタイミング悪くて。しょうがないから、コインロッカーに荷物だけ預けて、どこかで昼飯でも食おうかなと思ってたとこ」

「そうなんですか」

気が抜けて、値賀はぽかんと紀州を見上げた。

「あの、でもよかったです。昨日はいきなり帰っちゃって、すみませんでした」

値賀がぺこりと頭を下げると、紀州は慌てたように首を振った。

「いやいや、こっちこそ、値賀ちゃんにはいろいろ助けてもらったのに、ちゃんとお礼もできなくてごめんね」

「そんな。俺のほうこそお世話になったのに、すみません」

昨日あんな話をしたのに、すっかり以前と同じ空気だ。値賀はほっとした。紀州も同じことを思っていたらしく、顔を見合わせ、同時に笑った。

紀州が電光掲示板のほうを見て、時間を確認した。

「次の電車までしばらくあるから、よかったら昼飯一緒にどうかな」

「い、いいんですか…?」

一度諦めかけていたぶん、思いがけない成り行きにテンションが上がった。

「荷物だけ預けるから、ちょっと待ってて」

紀州はコインロッカーにスーツケースを入れると、身軽になってすぐ戻って来た。

「どこに行こうか。何が食べたい？」

「俺はなんでも…、あの、近くにランチやってる喫茶店があるんです。そこでいいですか？」

時間は充分あるが、あまり駅から遠くないほうがいいだろう、と値賀は歩いて五分ほどのところにある店に案内した。

「それにしても、タイミングよかったね」

何度か来たことのある古い喫茶店は、ランチにはやや早い時間で、年配の男性が数人新聞を広げているだけだった。オーダーを済ますと、紀州がおしぼりのビニールを破りながら言った。

「せっかく来てくれたのに、すれ違いにならなくてよかった」

「お昼前にこっちを発《た》つって聞いていたので、たぶんこの電車だろうなと思って待ってたんです。すみません」

「なんで謝るの」

「…しつこいって思われるかなって…」

告白を蒸し返して紀州を困らせたくはなかったが、なかったことにはしたくない。値賀も自分のおしぼりのビニールを破った。

「でも、俺は本当に紀州さんのことが、その、すっ、す、好き、なので。だから、その、最後にお昼を一緒にできて、嬉しいです」

頭の中がごちゃごちゃしてきて、舌がもつれそうになった。

「すみません。すごい勇気出したから、好きって言ったのをなかったことにはしたくなくて」

紀州はじっと値賀を見つめた。

「ありがとう。俺もちゃんと話ができてよかったよ」

優しいまなざしに、値賀は胸がいっぱいになった。

「俺がさっき乗ったタクシー、運転手さんが新しい人みたいで、まだこの辺の地理よくわかってなくてね。そのうえ信号にことごとく引っ掛かって、それで十一時半のに間に合わなかったんだ。運悪いなと思ってたけど、でもそれで値賀ちゃんとこうしてゆっくり話せたから、運はよかったね」

値賀は耳が熱くなって、グラスの水を一口飲んだ。

「もし値賀ちゃんが東京に来る用事あったら、連絡して。また食事くらいしよう」

紀州が名刺を出して、そこに自宅らしい住所を書き込んだ。社交辞令じゃないよ、という意思表示に、値賀はまた感激した。

「ありがとうございます。でも、紀州さんにはちゃんとパートナーがいるから、連絡はしません」

名刺を差し出そうとしていた紀州が戸惑った顔になった。

「でもその名刺は下さい。ずっと大事にしますから」

紀州から名刺を受け取って、値賀は大事に財布にしまった。

「いただきます」

注文していたパスタが運ばれてきた。ここのパスタはナポリタンとミートソースの二択で、フォークがナプキンで包まれているところからしてレトロだ。値賀は両手を合わせてからフォークを取った。

「紀州さん？」

「あ、ごめん」

何か考え込んでいた紀州も遅れて食べ始めた。

「ナポリタン、懐かしいな」

「母さんもそう言ってました。ウインナーとピーマンが入ってるのが決め手だって」

前にここに来たときは姉と母が一緒だった。値賀の発言に、紀州が小さく噴き出した。

「値賀ちゃんより、値賀ちゃんのお母さんに近いんだな、俺」

「えっ？」

急に笑い出した紀州にびっくりしたが、すぐに意味がわかって焦った。

「そ、そういうんじゃないですっ」

「いやいや、そういうんですよ。値賀ちゃんと俺、いくつ年離れてるんだっけ。俺は三十二だけど」

「…二十二です…」

「そうかぁ」

紀州が感慨深そうな声を出し、紀州さんから見たら俺って本当に子どもだろうなあ、と改めてしょんぼりした。

「値賀ちゃんに、いいこと教えてあげるよ」

紀州がいたずらっぽく笑って、内緒話をするようにテーブルごしに身を乗り出した。

「値賀ちゃんが三十二になっても、たぶんびっくりするくらい今と中身変わらないよ。俺も二十二のときは三十二は想像もつかない大人でした。でも今の自分は二十二のときとさして変わらないよ」

「そうなんですか？　あ、でも俺の姉ちゃん七つ上なんですけど、姉ちゃんもあんまり変わらない」

紀州が笑ってうなずいた。

「その人の本質って最初から決まってて、そう簡単には変わらないよ。値賀ちゃんは俺よりだいぶ年下だけど、すごいなと思うところがたくさんある」

「まさか。でも、ありがとうございます」

がっかりすることの多い値賀を元気づけようとしてくれているだけだろうが、それでも好きな人にそんなふうに言ってもらえて、嬉しくなった。

「値賀ちゃん」

「はい」

紀州の包み込むようなまなざしが好きだと思う。もっともっとそばにいたかった。

「値賀ちゃんの勇気出すとこと、自分で勇気出しましたって言うとこ、すごいと思うよ」

「つまり、図々しいとこですね。ありがとうございます」

「そんなこと言ってないよ」

ふふっと笑い合って、値賀はしみじみとこの人を好きになってよかったと思った。

「俺は値賀ちゃんのそういうところすごいなと思うし、好きですよ」

「…ありがとうございます」

ずっとあとになっても、きっとこのときのことを何回でも懐かしく思い出す。素敵な人に恋をするのは、たとえ失恋しても価値があるんだとわかった。

だから、今はちょっと辛いけど、やっぱり好きになってよかった。

そのあと一緒に駅まで行って、電車の時間まで隣にいさせてもらった。平日二時の特急に乗る人はほとんどおらず、待合は貸し切り状態だった。

スーツケースをテーブルにして、缶コーヒーを二人で飲んだ。とりとめのない話をしていると、これきりだという気がしない。値賀はあえて気軽にさよならを言うつもりでいた。

「あっ」

そろそろ時間かな、と駅の窓口の時計を見ようとして、缶コーヒーを倒してしまった。

「わっ、ご、ごめんなさい！」

幸い中身はほとんど残っていなかったが、軽くなっていたぶん缶が弾んで、紀州のスラックスに飛沫《しぶき》が飛んだ。値賀は慌てて手の平でスラックスを拭《ぬぐ》った。

「いいよ、だいじょうぶ」

「は、ハンカチ」

「持ってる」

わたわたして、紀州と手が触れた。スラックスの上に手を置いていることに気づいてかっと耳が熱くなる。

「ご、ご、ごめ…っ」

「本当にだいじょうぶだから」

紀州が苦笑してハンカチで拭《ふ》いた。濃いグレーのスーツだったのが幸いで、染みにはならなかった。値賀はほっとした。

「もう時間ですね」

あと五分だ。

「うん」

紀州がじっと値賀の顔を見た。スーツが心配で近寄っていた値賀は、至近距離で見つめられてたじろいだ。

「…値賀ちゃん」

紀州の声をこんなそばで聞くのも初めてだ。紀州は明らかに何かを言いよどんでいた。

「紀州さん?」

どうしたんだろう、と値賀は戸惑った。紀州のこんな様子を見るのは初めてだ。紀州は一度視線を落とし、それから値賀と目を合わせた。

「――俺も、値賀ちゃんのことが好きだよ」

「え…っ」

可愛いと思ってる、と言ってくれたときとは、声も目の色も明らかに違う。

びっくりして、それから心臓がぎゅっと収縮した。紀州は決心したようにまっすぐ値賀を見つめた。

「でも俺には、値賀ちゃんにこんなことを言う資格はないんだ」

「そっ、それは、他に好きな人がいるからですか…?」

別れたりやり直したりを繰り返している恋人。腐れ縁ってやっかいだよね、と有賀がつぶやいていたのを思い出した。

「好きな人じゃない。好きだった人、だ」

紀州がポケットにハンカチを入れ、身体を引いた。値賀も紀州のほうに傾けていた身体を元に戻した。もうすぐ電車が来る。どういうことなのかと気持ちが焦った。

「今は別れてて、でもまたやり直すことになるってことですか？」

訊いてもしかたのないことだとわかっていたが、それでも知りたくて、追及するような言いかたになった。紀州が決心したように値賀をまっすぐ見た。

「死んだんだ」

「えっ、――」

短い一言に、頭の中が白くなった。

死んだ？

霊。俺に憑いてる若い男。

反射的に閃《ひらめ》いて、思わず振り返った。

当然何も見えない。紀州が不審そうに値賀のほうを見た。値賀は慌てて前を向いた。背中に変な汗がにじむ。死んだ？　死んだ？　どうして？

「それ、は…」

「自殺した。四年前。俺のせいで」

殴られたみたいに衝撃で動けなかった。

紀州は立ち上がった。電車のアナウンスが入り、スーツケースの持ち手をつかんだ。

「だから俺はもう一生誰とも恋愛できない」

呆然と紀州を見上げていた値賀は、紀州が歩き出して、よろりと立ち上がった。

「待って」

並んで改札まで歩きながら、今聞いた言葉をただ頭の中で機械的に反芻《はんすう》していた。自殺した。四年前。俺のせいで。

まだその言葉が意味として頭に入ってこない。

「元気でね」

改札の前で、紀州が手を差し出した。紀州さんも、と言ったけれど、値賀はそのあと紀州の手を握ったのかどうかすら、覚えていなかった。

5

木立《こだち》の色が猛々《たけだけ》しいほど濃くなると、夏が近くなったなと思う。空の色も、雲の迫力も、ぜんぶが生命力を競っているようだ。

朝はまだ肌寒いが、昼にむかって気温がぐんぐん上がっているのがわかる。今日は暑くなりそうだった。

値賀《ちか》は軽自動車を空き地に入れるとエンジンを切った。農協の人から格安で譲《ゆず》ってもらった中古だ。リアシートには業務用の洗浄液ボトルやブラシの入ったコンテナを積んでいる。

紀州《きしゅう》のところで三週間バイトをしたあと、値賀は小さな清掃サービス会社に人材登録した。単発だが田舎にしては時給がいいし、値賀は細かい作業が好きなので、ひとまずこの仕事でつなぎながら今後のことを考えようと思っている。紀州とはあれきりだ。

あの日、紀州を見送ったあと、値賀は姉に「紀州さん東京に帰ったよ」とだけ報告した。とても細かいことは話せなかった。いつもと違うなと思ったらしく、有賀《ゆか》もそっとしておいてくれた。

「ねえ姉ちゃん、俺に憑《つ》いてる霊ってまだいる？」

それだけがどうにも気になって、少ししてから訊いた。いるという。有賀も気になっているものの、うまく視《み》ることができないようだ。

「基本、この土地の人間の霊じゃないと視えないからなあ。なにか媒介《ばいかい》すればうまく波長があうかもだけど、あたしとは接点なさすぎで無理なんだと思う」

「そっか…」

それならやっぱり霊は紀州の元彼で、値賀とは紀州という共通項があるから憑いているのでは、と考えてしまう。でも値賀に憑いている理由がわからない。

紀州は「彼はおれのせいで自殺した」と言っていた。

そのときはショックでうまく受け止められなかったが、あとから考えて、身近な人がそういう形で亡くなれば、誰しも自分を責めてしまうだろうと思った。

「霊って思念だから、どんなに残留したくてもこっちがスルーしてたらそのうち消えるよ。今まで値賀に憑いてた霊も、値賀がぜんぜん気にしなかったからすぐ消えたでしょ」

有賀も紀州に関係しているのだと考えているようで、そうアドバイスしてくれた。

でもそんな簡単に忘れられるわけがない。

値賀はシートベルトを外して、なんとなく紀州からもらった名刺を取り出した。何度こうして眺めたかわからない。

「東京行く用事なんかないですけどね」

しばらく眺めて独り言をつぶやき、値賀はまた丁寧に名刺を仕舞った。

ぱんとひとつ手を叩いて自分に気合をいれると、値賀は車から降りた。今日は商店街の空き店舗の清掃だ。

「さーガンバロ」

倉庫として使われる予定の元乾物屋を決められたとおりに清掃し終えると、もう夕方になっていた。

掃除用具を車に積み込んで、事務所に報告の電話をした。それから値賀は商店街に引き返した。

今日の清掃予定が商店街の店舗だとわかったときから、紀州と過ごした店を外から眺めてみようと思っていた。クリーニングの取次店は、内側からカーテンが閉まっていて、スイングド

ア も鍵がかかっている。値賀はなんとなく裏口のほうに回った。

店舗付き住宅なので、裏口のほうが住居の玄関になっている。値賀もここでバイトをしていたときはこっちの玄関から出入りすることのほうが多かった。まだひと月経《た》っていないのに、ひびわれたコンクリートの間からもう雑草が伸びている。少し前に大雨が降ったせいか、ドアには泥はねもついていた。そのままにしておけない気がして、値賀は腰につけていたウエストポーチから古タオルを出した。

「あれ？　開いてる」

ちょっとドアを拭《ふ》いてやるだけのつもりだったが、玄関が施錠《せじょう》されていないのに気がついた。盗られるようなものはないにせよ、隙間から野良猫でも入り込んでいたらまずい。

あとで不動産屋に連絡しないと、と思いながら値賀は中をのぞいた。特に変わった様子はなく、へんな物音もしない。

——もう会うこともないんだなぁ…。

値賀は少しの間、そこにぼんやり佇《たたず》んだ。

玄関口に置かれていたゴミ箱も、紀州のサンダルも、当たり前のことだがもう何もない。がらんとした空間を眺めているうちに、値賀は誘われるようにスニーカーを脱いで中に入った。

結局最後の日は掃除の途中で帰ってしまったから、完全にからっぽになったところは見ていなかった。がらんとした店舗スペースをしばらく眺め、値賀は階段を上がった。畳敷《たたみじき》の部屋が二間続いていて、板の間の向こうがベランダだ。紀州はコインランドリーで洗濯してきた乾きにくいものを、よくそこで干していた。ついでだから空気を入れ替えておいてやろう、とサッシを開けた。

空気の淀《よど》んでいた部屋に、夕方のいい風が入ってくる。値賀は畳の上に腰を下ろした。そのままうしろに手を組んでひっくり返った。古いプラスチックの照明カバーや天井の染みが懐かしい。

畳の匂いに清掃仕事の疲れがほどけ、うっかり目を閉じると眠気がきた。

紀州と別れてからも値賀の睡眠時間は変わらない。こんなときくらい「辛《つら》くて眠れない」とかならないものかと自分に呆れたが、眠りはいつも値賀を助けてもくれた。

こんなとこで寝ちゃだめだ、と思ったときには値賀はすうっと寝入ってしまった。

雅《みやび》な音楽に乗って、尾の長い鳥がすいっと値賀の目の前を横切った。透明の小鳥たちが楽しげにさえずって尾の長い鳥のあとをついていく。あ、またこの夢だ、と値賀があたりを見渡すと、菩薩装束《ぼさつしょうぞく》が雲の陰からちらっと見えた。

おばあちゃんだ、と嬉しくなってそっちに近づくと、思いがけずダメージジーンズの若い男がひらりと現れた。

えっ？　と驚いていると、男はポケットに両手を突っ込んだまま、値賀の前にするっと降り立った。この男は以前も夢の中で見た。そうだ、ここに泊まった夜だ。

あのときは「誰？」と思ったところで目が覚めたから、若い男、としか覚えていない。二十六、七で、髪をかなり脱色している。切れ長の目に尖《とが》った鼻、きつい顔だちに厚い唇が印象的だ。値賀の目から見ても、なんともいえない危うい色気があった。

誰だろう、と思うそばから「紀州さんの死んだ恋人だ」と直感して、値賀は息を呑んだ。紀州とはまったく正反対といっていい雰囲気なのに、なぜかしっくりくる。きっとそうだ、と思ったときに彼が大きくうなずいた。値賀の考えていることが彼には伝わっている。

――紀州さんなら、もう東京に帰りましたよ。あなたのことを忘れられないって、俺はふられちゃいました。

伝えながら、値賀は突然「そうだ、俺はふられたんだ」と実感した。ふられたんだ…。

受け止めるのが辛すぎて、無理やり一時停止ボタンで保留にしていた。

ごめんね、元気で。

それだけで紀州は行ってしまった。

可愛いと思ってる。好きだ。そう言ってくれたのに、結局彼の気持ちを動かすことはできなかった。

――あなたみたいな人が恋人だったら、そりゃ俺なんかじゃ相手にならないですよね。

想像していたような落ち着いた大人ではなかったけれど、目の前の彼には抗《あらが》いがたい魅力がある。蠱惑的《こわくてき》な男だ。自分など一生かかってもこんな吸引力のある目つきは手に入れられない。どうせこれは夢だ、と値賀は我慢せずにぼろぼろ泣いた。泣いたらもっと辛くなる気がして我慢していたが、一度泣いてしまうともう止まらない。

紀州さん、と嗚咽《おえつ》している値賀に、彼は「やれやれ」とばかりに肩をすくめた。

——あの。ここは慰めてくれてもいいとこじゃないんでしょうか…？

思わず恨み言を言うと、彼はおかしそうに笑った。

——え、そこで笑います？　せめて気の毒そうな顔するとこだと思いますけど！　俺はあなたのせいでふられて泣いてるわけですし。

あからさまにうんざりしている彼に思わず噛みつくと、またくすくす笑った。意地悪そうな笑いかたが魅力的で、ああこんな人好きになっちゃったら、もう他には目がいかなくなっちゃうんだろうな、と紀州に共感を覚えた。

気が抜けて涙が止まると、彼は値賀に向かってなにか言った。

——ごめんなさい、俺はあなたの言ってることがわからないんです。

こんなにはっきり姿が視えて、彼の口が動いているのもわかるのに、声は聞こえない。彼が首をかしげた。

——すみません、俺は「護杜《もりや》さん」じゃないんで。

彼がよく聞け、というようにさっきより大きく口を動かす。値賀も一生懸命聞こうとしたが、やはり何も聞こえなかった。ジェスチャーもまじえてくれたが、さっぱり彼の意図がわからない。長年沁《し》みついた「俺は役立たずだ」という罪悪感にとらわれ、値賀はうなだれて首を振った。

——本当に、ごめんなさい。俺はぜんぜん霊感ないんです。姉なら調子のいいときはかなり視えるんで、そのうちあなたの言いたいことがわかるかもしれません。俺じゃなくて、姉に伝えてみてくれませんか？

値賀が丁寧に頼むと、彼は「は？」というように顎《あご》を引いた。目に険《けん》がある。うっすら馬鹿にしたような、この表情は値賀にはよく覚えのあるものだった。なーんだ、という呆れた目つきや、がっかりだな、という侮蔑《ぶべつ》のまじるため息。

——俺も申し訳ないとは思ってますけど、わからないものはわからないんです。

値賀がやや恨み節で抗弁《こうべん》すると、彼ははあっと天を仰《あお》いだ。

しかたねえな、と口が動いた。そこだけわかった。

「し、し、しかたねえなって!!」

なんでそんなふうに蔑《さげす》まれなきゃならないんだっ、と思ったら目が眩《くら》むほど腹が立った。

「どうせ俺は役に立たないですよ！　霊感もないのに寝てばっかりで、霊感ありそうな顔してるのに中身は平凡で！　でも俺だって好きでロングスリーパーになったわけじゃないし、お願いしてこの顔に生まれたわけじゃありませんから！」

みんなにがっかりされ続けて、でも一番がっかりしているのは値賀自身だ。

「み、みんな、か、か、勝手なことばっかり言って！」

うわーっと叫び、値賀は両手両足をばたつかせて怒った。

「俺だって頑張った！　寝てばっかりだけど頑張った！　紀州さんだってそう言ってくれたんだから！」

夢の中でわぁっと怒鳴り、その反動で目が覚めた。

気がつくと、値賀は猫が怒っているようにふーふー言いながら汗をかいて畳の上に寝転がっていた。

「…もーやだ…」

値賀は仰向《あおむ》けになっていた身体を反転させて畳に突っ伏した。

「もーやだ、もーやだ、もぉぉー嫌だぁぁぁっ‼」

ばんばん畳を叩いて大声を出すと、長年積み重なった恨みつらみが放出された。小さなころから繰り返された「こんなに寝るなんて、もしかして加賀《かが》さん？」「こんな美しい子はきっと加賀さん！」という大人たちの期待と、「あら」「なんだ」という落胆。特に「こんなに寝るなんて」がきつかった。

「勝手に期待して！　勝手にがっかりして！　しかたねえなって、なんで許されなきゃなんないんだぁー!!」

一人でわぁわぁ怒鳴ってひとしきり騒ぐと、値賀はむくりと起き上がった。

「東京行こう」

すとんと怒りがおさまると、代わりに自分でも思いがけない決心が胸に満ちてきた。

紀州は「東京に用事があるときには連絡して」と言った。

東京に用事なんかあるわけない、と思っていた。だからもう会うこともない、と諦めていた。

でも用事はあった。

「どうせ俺に憑いたのは失敗だったたって思ってるんでしょ？　それで、紀州さんとこに戻りたいんでしょ？　わかりましたよ。行きますよ。霊能力はなくてもそのくらいの行動力は俺にだってありますから！　そんでもって紀州さんに憑きなおしてくださいよっ」

やけくその逆切れで、何もない空間に向かって怒鳴ると、値賀は憤然と立ち上がり、ぴしゃっとベランダのサッシを閉めた。そして改めて強く決心した。

東京に行く。

用事があってもなくても、紀州さんに会いたい。

だから行く。ぜったいに行く。

紀州さんに会いに行く。

6

値賀《ちか》が大学時代に住んでいたのは、東京といってもかなりの郊外だった。都心に出るのはせいぜい二ヵ月に一度、それも目的なくぶらぶらするような余裕はなかったから、四年も東京にいたのにどのエリアにも土地鑑など全くない。

紀州《きしゅう》に「値賀ちゃんのわかりやすいところで待ち合わせしよう」と提案してもらっても、値賀には都心に「わかりやすい場所」などひとつもなかった。

水曜の夜、平日ど真ん中の新幹線の改札口は、いつものことながら混雑していた。値賀は人の流れの邪魔にならないよう、ひとまず柱の影に退避した。スマホで紀州が指定した場所の確認をする。

もうすぐ紀州さんに会える。

そう思うだけで値賀は胸がいっぱいになった。

バイトをしていたとき以来使っていなかったトークアプリに「東京に行くので会えませんか」と送ったのは昨日のことだ。あんなにきっぱり「連絡はしません」と言ったのに、と恥ずかしかったが、紀州はすぐ了承の返事をくれた。

家族には東京の友達が就職の相談に乗ってくれることになったから行ってくる、と言って出てきた。紀州にも同じことを伝えている。

毎週水曜は歯科医院の待合室の清掃があり、それを全力で終わらせると、値賀はその足で東京に向かった。紀州さんのご都合に合わせます、と言って待ち合わせ場所を丸投げしたら、東京駅の近くのビルにしてくれた。

こんなのは勢いだ。悩んだり迷ったりしたら負けだ、と言い聞かせて、値賀は紀州が指定した複合ビルに向かった。広い書籍フロアに展開しているゆったりしたカフェに入り、値賀は紀州に「今、お店につきました」とメッセージを送った。すぐ既読《きどく》がついて「あと十分くらいでそっちに行けるよ」と返って来た。きっと無理をして都合をつけてくれたんだろうと思うと申し訳ない。でも今は自分勝手になろうと決めた。

もうこれで本当に最後かもしれない。

憑《つ》き直すチャンスはこれ一回かもしれませんからね、と値賀はいるかどうかわからない紀州の恋人にも心の中で念を押した。

「値賀ちゃん」

注文したコーヒーに口をつけたかつけないかで、カフェの入り口に長身の男が現れた。

「紀州さん」

紀州が東京に戻ってからまだそんなに経《た》っていないはずなのに、値賀は懐かしさに胸が熱くなった。それには、こんなに格好いい人だったんだ、という驚きも混じっている。

紀州は細身のスーツにブリーフケースを下げていた。チタンフレームの眼鏡に短く整えた髪で、服装自体はさして人目を引くようなものではない。むしろ普通すぎるほど普通だ。でもすらっとした長身で、仕事帰りなのに疲れを感じさせない姿勢のよさが、その普通さを格好よく見せる。値賀は思わず見惚れてしまった。

「慌ただしいけど、このまま出ようか」

値賀の席まで来て、紀州は伝票をとってレジに向かった。

「すみません」

もたもた財布を出そうとしているうちに紀州が電子マネーで支払ってしまった。

「食べたいものある？　ないんだったらこの上の和食でいいかな」

「お任せします」

レストランフロアはぎりぎり混みあう寸前で、紀州が何度か来たことがあるという和食の店はかろうじてカウンターに並んで座ることができた。

「よかったね。あと十分遅かったらだいぶ待つところだった」

カウンターといってもスペースはゆったりとしていて、調度品はどれも繊細《せんさい》な細工がほどこされている。

「値賀ちゃん、今日はどこに泊まるの？　本当は値賀ちゃんが泊まるところの近くの店にしようと思ってたんだけど」

そう言われて、紀州が待ち合わせからずっと時間短縮に配慮してくれていたことにやっと気づいた。値賀が極端に早く寝ることを気にかけてくれていたのだ。

「ごめんなさい、決めてないんです」

それなのに当の自分が行き当たりばったりで恥ずかしい。

「後先を考えてたら勢いなくなっちゃいそうで、えいやで来ちゃったんで。東京ならどうにでもなると思ったし」

「値賀ちゃんはほんとに思い切りいいよね」

紀州はちょっと驚いているようだったが、すぐにおかしそうに笑った。

「値賀ちゃんさえよかったら、うちに泊まってくれてもいいけど」

「えっ」

とんでもないですっ、と値賀は焦《あせ》って首を振った。

「そんなご迷惑かけられません。どこか適当に泊まります。それこそネットカフェでもいいですし」

「ネットカフェ？」

紀州が顔を曇《くも》らせた。

「余計なお世話かもしれないけど、値賀ちゃんが宿を探してうろうろするの、なんか心配だな。今からどこか予約しよう」

言いながら紀州がスマホを出した。

「いえ、本当に大丈夫です！」

「値賀ちゃんを信用してないわけじゃないけど、うちに泊まるんじゃないなら、俺がどこか予約するよ。費用も俺が出すから…」

「じゃあ、紀州さんのところにお世話になります！」

まだそのほうが負担をかけないで済みそうで、値賀は「よろしくお願いします」と頭を下げた。

「そう？　じゃあ眠くなったら遠慮しないで言ってな。ここからタクシーで二十分くらいだから」

「はい…」

申し訳なくて声が小さくなった。

「それで、就職の話はどうだった？」

オーダーを済ませ、おしぼりを広げながら紀州が訊いた。

「ごめんなさい。友達に就職の相談乗ってもらうっていう話は嘘なんです」

紀州に会ったら、正直にぜんぶ打ち明けると決めていた。

「紀州さんに会いたくて、でもあんなにきっぱりもう連絡しません、って言っちゃったから何か口実がないと言いづらくて、嘘をつきました。どうしてもお聞きしたいことと、聞いてほしいことがあって、それで来たんです」

紀州が戸惑った顔になった。

「なんのことかな」

「紀州さんの、おつき合いしていた人のことです」

姿勢を正して切り出すと、紀州が目を見開いた。

ビールの小瓶《こびん》と薄いグラス、お通しの小鉢《こばち》が運ばれてきて、値賀はいったん話を止めた。紀州もとりあえず、というように値賀と自分のグラスにビールを注《つ》いだ。

「紀州さん、紀州さんのおつき合いしていたかたの写真って、今持っていませんか」

値賀は一口ビールを飲んでから、紀州に尋ねた。

夢の中の若い男。蠱惑的《こわくてき》な瞳と蜜《みつ》を含んだような唇が今も脳裏《のうり》に焼きついている。あれはきっと紀州の恋人だった男だ。

「写真?」

「俺、紀州さんと初めてお会いしたご祈禱《きとう》の日から、若い男性に憑かれてるんです。あ、引かれるの覚悟で話してるから、ただ聞いててください。俺は自分ではまったく霊視《れいし》とかできませんし、霊感もゼロなんですけど、昔から疲れたり落ち込んだりすると、知らない霊に憑かれることが多かったんです。姉が視《み》える体質なので、若い男が憑いてるねって教えてくれて、でもそのときはあまり気にしてなかったんです。よくあることだし、無関係の浮遊霊に憑かれてもなんともないですし。でも、だいたいいつも三日もすればどこかに行ってしまうはずなのに、その人はずっと俺に憑いたままで、紀州さんが東京帰ってもまだいるらしいんです」

紀州は困惑した顔で、それでも値賀の話を聞いている。

「今も俺にはまったく視えないんですけど、昨日、夢を見て」

ここからさらに引かれそうな話になる。カウンターで並んでいるのが幸いで、値賀は紀州とは目を合わさないまま話した。

「その、俺に憑いてる男の人が夢に出てきたんです。顔も見ました。その人、紀州さんの恋人だった人なんじゃないかと思うんです。それで、俺に何か伝えたいみたいだったけど、俺にはわからなくて…」

紀州が思わず、というように値賀の背後あたりに視線をやった。当然何も見えないはずだ。

「だから、その人の写真がもしあったら、見たいんです」

「拓海《たくみ》の写真か…、ちょっと待って」

紀州は足元に置いていたバッグから大判の手帳を出した。表紙のポケットからラミネート加工した写真を取り出し、値賀に差し出した。

「原口《はらぐち》拓海」

名前を口にしたとき、紀州の声には懐かしさと悲しみが同時に滲《にじ》んだ。

「——」

緊張しながら写真に視線を落とし、値賀は思わず息を呑んだ。――この人だ。

誘うような目つき、甘い唇、写真なのになんともいえない危うい色気が伝わって来るようだ。写真は、たぶん遺影に使ったものなのだろう。スーツを着てまっすぐこちらに視線を向けている若い男は、間違いなく値賀の夢に出てきた男だった。明るい髪色で、口元をほんの少しほころばせている。

「こ、この人です。俺の夢の中では胸元のあいたシャツにダメージジーンス穿《は》いてて、あとピアスしてました。丸い、小さいのを二つか三つ」

値賀が早口で言うと、紀州が瞠目《どうもく》した。

「でも、なんで値賀ちゃんに?」

「わからないです。でも俺、紀州さんに、その、一目惚れしたから、それがなにか関係してるのかなって…」

紀州が黙って考え込んだ。値賀も「きっと紀州さんの恋人だ」と思っていたのに、やはり夢で見ていた男と紀州の恋人が一致したことにショックを受けた。子どものころから有賀が霊視したり死んだ人の声を聞いたりしているのを間近で見ているのに、自分にはその能力がない、とずっと思っていたから、いざこんなことが起こると信じられなくてうろたえてしまう。

黙って写真を返すと、紀州も無言のままスーツの内ポケットに写真をしまった。

お待たせしました、と注文した料理が運ばれてきて、ぼうっとしていた値賀はやっと我に返った。

「好きなもの、なんでも追加で注文してね」

紀州もようやく気を取り直したように言って、箸《はし》を取った。

「今の話だけど」

紀州が仕切り直すように値賀の空《あ》いたグラスにビールを注《つ》いだ。

「値賀ちゃんには本当に悪いんだけど、俺はやっぱりそういう目に見えない世界のことは信じられない。拓海が値賀ちゃんの夢に出て来たって言われても、拓海みたいなルックスの男は珍しくないだろ？　値賀ちゃんが嘘を言ってるなんて思わないけど、思い込みとか錯覚とか、いろいろ考えられることはあるんじゃないかな。心霊現象とか超常現象とか、俺はものすごく確率の低い現象がそう思われてるだけなんだと解釈してる。もちろん、これは俺の考えで、絶対だなんて思ってないよ。値賀ちゃんには値賀ちゃんの本当があるし、俺には俺の考えがあるってだけのことで」

紀州が値賀の気持ちを傷つけないように気を配ってくれているのはよくわかった。値賀にしても、自分の言っていることが一般的に受け入れられないことは承知している。

「拓海のこと、話したほうがいいのかな」

紀州は少し迷うように値賀のほうを見た。値賀はうなずいた。

「聞きたいです。大学で知り合ったんですよね？」

「そう。でも専攻が違うからあんまり接点がなくて、話すようになったのは四年になってからかな。拓海はいろいろ目立つタイプで、トラブルメーカーなところもあったから、なんでつき合うことになったのか、我ながら謎なんだけど」

「でも俺、なんかわかります。また変なこと言っちゃいますけど、夢の中で見た原口さん、すごく魅力的な人だった。意地悪そうなとこがチャーミングっていうか、目が離せないような吸引力があるっていうか——」

「でも俺は振り回されて大変だったよ」

紀州が嘆息《たんそく》した。

「拓海は貞操《ていそう》観念ってものがないし、とにかく我慢するってことができない性格だったから。それでも学部生のころはまあまあうまくやれてて、俺は院に進んだけど、拓海は結局大学辞めて、それからだんだんよくない連中とつるむようになった」

もともと喧嘩ばかりしていたが、原口が大学を辞めてから衝突することが増え、原口の浮気が発覚したときに、とうとう別れ話になった。

いいよ、もう死ぬから。

原口のその言葉を信じたわけではなかったが、結局紀州は原口を突き放せなかった。複雑な家庭環境で育った彼の屈折《くっせつ》した心情を知っていたし、その弱さを愛してもいた。

浮気相手の男が突然アパートに押しかけてきたり、泥酔《でいすい》した原口を引き取りに来いと警察から呼び出されたり、そのたびに別れる、死ぬ、の応酬《おうしゅう》で関係はどんどん悪化した。一時的に別れても、原口は家出猫が帰ってくるように紀州のところに戻ってくる。

就職して三年目に、紀州は初めて大型プロジェクトのリーダーに抜擢《ばってき》された。家にも帰れず、会社に寝泊まりして仕事に没頭《ぼっとう》していたときに、原口が金を貸してくれ、と会社まで来た。

会社の通用門の脇に立っていた原口は、二徹明けの紀州を見て、「なんだ、本当に仕事だったんだ」と言った。煙草の匂いの染みついた派手なシャツと、クラブ帰りのふらつく足元を見たとき、紀州はやっと自分が原口をダメにしているのだと悟《さと》った。うすうすわかってはいたが、どうしても彼を切り捨てることができなかった。

でも、もうここまでだ。

自分のためにも、彼のためにも、これ以上はだめだ。

金を渡して「これで終わりにしよう」と言った紀州に、原口はあっさりと引き下がった。「じゃな、さよなら」とだけ言って「死ぬ」とは言わなかった。別れ話をして死ぬ、と口にしなかったのはそれが初めてだった。

そしてその夜、原口は自分のマンションのベランダから飛び降りた。

遺書は、携帯に残っていた一文だけだった。

――ミツはおれのすべてだった。

送信はしないまま、紀州に宛ててそう書き残していた。

「ミツ？」

「俺をそう呼んでたんだ」

淡々と話す紀州に、値賀は膝の上でぎゅっと拳《こぶし》を握った。

猛烈に腹が立っていた。

原口に怒っていた。

卑怯《ひきょう》だ。そんな死にかたは卑怯だ。

夢の中で見た原口拓海を思い浮かべ、値賀は強く非難した。

魅力的だけど、あなたはずるい。最低だ。ありえない。

きっと彼には彼の、値賀にはわからない心情があるのだろう。でも値賀はあえてそれは考えに入れないことにした。

だって俺は紀州さんが好きだ。

その人をこんなに苦しめるなんて、許せない。

「紀州さん。俺、紀州さんのこと好きでいてもいいですか？」

ふつふつと湧いてくる気持ちのまま言うと、唐突に聞こえたらしく、紀州が戸惑ったように顔を上げた。

「ずっと好きでいたいんです。いいですか？」

「でも、俺は」

「片想いでいいんです。ただ、ときどき電話したり、こうしてたまにご飯食べてくれませんか？　それだけでいいんです」

紀州はわずかに顎《あご》を引いた。

「だけどそれは、値賀ちゃんが……」

「辛《つら》くないです。だって紀州さんは一生恋人をつくらないんでしょう？　ってことは、俺は気が済むまで好きでいていいってことですよね？　それってすごく贅沢《ぜいたく》な片想いですよ」

「……そうなの？」

「そうですよ」

そうやって諦めずに好きでいて、いつか紀州さんにも好きになってもらえたら嬉しい。でもそれが無理でもぜんぜんかまわない。

値賀はいるのかどうかわからない背後の原口の霊に向かって宣戦布告した。

紀州さんに憑き直せばいいって言ったのは、撤回《てっかい》します。それでいつか紀州さんをあなたから自由にしてみせるから。

がたっと音がして、背後の壁にかけていたハンガーが落ちた。夢の中で見た、華やかで悪い男に「やれるもんならやってみな」と笑われた気がした。

値賀はぐっと拳を握り直した。

絶対に負けない。

俺だって一応は護杜《もりや》の一族だ。
死んだ人になんか、負けるもんか。

7

紀州《きしゅう》の住んでいるマンションは、値賀《ちか》が思っていたのとぜんぜん違っていた。

「狭くてびっくりした?」

「えっと、はい。ちょっとだけ」

学生向けのようなワンルームに、値賀は正直にうなずいた。紀州ならもっとグレードの高いマンションに住んでいると思っていた。紀州が苦笑した。

「そろそろ引っ越ししてもいいんだけど、駅から近いし、不便はないから、まあいいかってずっと住んでるんだ。風呂もシャワーしかできないんだけど、ごめんね」

紀州は住居にこだわるタイプではなさそうだと思っていたが、まさか学生時代から同じところに住み続けているとは思っていなかった。そう聞いたわけではなかったが、まず間違いないだろう。マンションという名称がついているが、単身者向けのせせこましい集合住宅だ。

玄関を入ってすぐ右手がユニットのバストイレで、その先がロフト付きの十畳《じょう》ほどの部屋だった。正面のベランダに洗濯機が置いてあるのが見える。ミニキッチンの脇に小型冷蔵庫、その上に電子レンジ、吊戸棚《つりとだな》に食器が収められている。パソコンラックもローテーブルも、こぢんまりとした部屋にちょうどよくおさまっていて、住み心地は悪くなさそうだった。

紀州の部屋らしいといえば紀州の部屋らしくて、最初の「えっ」という驚きがおさまると、じわじわ「ここが紀州さんの部屋なんだ」という感激で値賀は周囲を見回した。

「泊まっていけって言っといて、狭いし散らかってるし、ほんとごめんね」

紀州が申し訳なさそうに謝った。

「とんでもないです！　俺のほうこそ図々しく泊めてもらうことになって、すみません」

確かに整然としているとはいいがたいが、不潔な感じはなく、むしろ忙しい社会人としてはかなりきちんとしているほうだ。特に水まわりはすっきりしていて、こまめに掃除をしていることがうかがえた。値賀がシャワーを借りている間に、紀州はロフトベッドのシーツまで替えてくれていた。

「俺は木曜休みだから、値賀ちゃんゆっくり寝ていいからね」

最初から休みなのか、急きょ休みを取ってくれたのかはわからなかったが、紀州はそう言って自分用の寝袋を用意していた。

「おやすみ、値賀ちゃん」

すぐに寝るんだろう、と当然のように言われて、名残惜《なごりお》しかったが、値賀は素直に「おやすみなさい」とロフトに上がった。

ロフトはかなり広く、想像していたより天井に余裕もあった。難しそうな設計の本や、レトロな形の目覚まし時計が枕元にあって、値賀は好きな人のプライベートスペースに入れてもらっている事実に、なんともいえない幸せな気持ちになった。紀州は値賀と入れ替わりにシャワーをしている。

水音がエロティックに聞こえきて、値賀はうわぁ…とあわてて毛布をかぶった。心臓が心地よく跳ねる。

「や、やらしいこと考えちゃだめだからな」

妄想しそうになってストップをかけていると、ややして水音が止《や》み、紀州が出て来る物音がした。冷蔵庫の開閉する音がして、仕事でもしているのかパソコンのキーボードを叩く音も聞こえてくる。

夜中に紀州さんがロフトに上がってきてくれたりしないかな…そんなことあるわけないか…とひとりでそんなことを考えていたから、紀州がロフトベッドの下に立って、値賀ちゃん、と声をかけてきたときは反射的に眠ったふりをしてしまった。

「寝ちゃった？　喉渇いたら冷蔵庫の中のもの適当に飲んでいいからね」

声だけかけると、紀州が寝袋に入る物音がした。

天井のシーリングライトがオレンジの常夜灯だけになり、値賀はそろっと枕もとの時計を見た。十一時半だ。

紀州にとってはたぶん宵《よい》のうちで、値賀に気遣って消灯にしてくれたのだろう。普段なら、たしかにもうとっくに眠っている時間だ。

——眠れない。

その事実に気づいたのは、寝返りを打ち、また寝返りを打ち、毛布をかぶり直してからだった。

バイトをしていたとき、事務所の二階に泊めてもらったが、あのときはいつものように横になったらすとんと眠った。そもそも眠れない、という事態がほぼ初めてだ。

これが世に言う「眠れない」か！　と値賀はちょっと感動した。いついかなるときも秒速で眠ってしまうから、神経が昂《たかぶ》って眠れない、という状態は初体験だ。身体は疲れているし、眠気もある。でも目を閉じても眠れない。

そうか、これがかの有名な「眠れない」か…、確かに困った感じだな、…もどかしいというか、なんというか……。

値賀はそっと起き上がり、ロフトの下を窺った。常夜灯だけだが、目が慣れると普通に見渡せる。紀州はローテーブルを脇に寄せて寝袋で眠っていた。チャックは開けて、クッションを枕代わりにしている。好きな人が寝ている姿に、値賀はごくりと唾《つば》を飲みこみ、どきどきしながら自分の寝床に引っ込んだ。

目を閉じて、いつものように横臥《おうが》で手足を縮《ちぢ》めると、ようやく重い眠気がやってきた。値賀はふう、と息をついた。思考が濁《にご》り、とろりと溶ける。意識が後退していき、眠りがひたひたと寄ってきた。

「――――」

でも眠れない。

頭の芯が重い。眠い。身体が怠《だる》い。でもすぐそこで眠っている紀州が気になって眠れない。

「……」

身体の向きを変え、手足を小さく折り曲げる。やっぱり眠れない。どうにもこうにも眠れない。

ロフトの下はとても静かだ。もう一度、そうっと身を乗り出して目を凝《こ》らす。紀州は片手を軽く額に置いて、反対側は寝袋の外に出していた。Tシャツを着た肩のあたりがゆったりと上下していて、もうすっかり寝入っているようだ。

紀州さんが近くで寝てても、そんなの関係ない。寝よう。値賀はゆったりと上下する色っぽい紀州の胸の動きから視線を剝《は》がして寝床に戻った。

目をつぶると、眠気はたしかにやってくる。眠い。でも眠れない。

世にいう「神経が昂る」というのはこういうことか…。なんどかうつらうつらしかけては、はっと目が覚める。

とうとう値賀はむくりと起き上がった。喉が渇いた。何か飲ませてもらって、ついでにベランダで外の空気でも吸ったら眠れるかもしれない——とそこまで考え、値賀はえっと目を見開いた。いつの間にかロフトを下りている。

「は？　え？」

夢遊病にでもなったのか、と焦《あせ》ってから、電気が煌々《こうこう》とついていることにも気がついた。いつのまに電気つけたんだ、紀州さんが起きちゃう、と慌てて、今度こそ値賀はぎょっと立ちすくんだ。

紀州がいない。寝袋がない。

部屋は同じだ。グレーのカーペット、ローテーブル、カーテンの向こうには洗濯機が置いてある。でも違和感があった。ローテーブルはこんな白っぽいものだったか？　カーペットももっと古かったはずだ。何かが違う。どこかがおかしい。

「な、なに…？」

混乱していると、ふっと視界がぶれた。
（ミツ）
脳内に、男の声がする。呆然としていた値賀は自分の身体が勝手に動きだして悲鳴を上げそうになった。
（ミツ）
ローテーブルの前まで歩いて、値賀はどさっと腰を下ろした。手に携帯を持っている。見たことのない機種だ。混乱しきっている値賀をよそに、手は携帯を操作している。

ミツってなんのことだ、と慌ただしく考えて、はっと思い当たった。

紀州の名前だ。紀州充亮《みつあき》。ミツ。

——俺をそう呼んでた。

——ミツは俺のすべてだった。

頭の中で、知らない男が独り言をつぶやいている。

(ミツ。まじで別れるつもりなんだな)

(しょうがねえか)

(しょうがねえよな)

意識が侵食《しんしょく》されていく。他の誰かの思考が押し寄せて来る。

(さんざん振り回してきたんだからな)

どうなっているんだと動転しているうちに、値賀はまた愕然《がくぜん》とした。

暗いベランダの硝子《ガラス》に映っているのは、自分じゃない。

夢の中で見た男。紀州が見せてくれた写真の男だ。原口拓海。

この意識も原口のものだ。

仰天《ぎょうてん》している値賀をよそに、原口はローテーブルの前にあぐらをかいて、はあっと息をついた。脳裏に浮かぶ紀州の顔は、値賀の知っている紀州よりずっと若い。髪型が違う。眼鏡もかけていない。

(終わりかよ)

原口が思い浮かべた紀州は、どこかの会社のロビーエントランスで、しわくちゃのワイシャツ姿でこっちを見ていた。充血した目と、疲れた表情に、原口は(本当に仕事だったんだな)とたじろいだ。ずっと忙しいと言われ続けて、浮気でもしてるんじゃないかと疑っていた。

(ま、だよな。俺じゃあるまいし、ミツが仕事だっつったら仕事に決まってる)

値賀とは別の思考や感情が、どんどんクリアになっていく。

未練がせめぎあい、もう一度縋《すが》ったらなんとかなるんじゃないかという甘い気持ちも湧いたが、すぐに原口は打ち消した。

(ねえな。今日のミツは違ってた。当たり前か。会社にまで金貸してくれって来られたら、終わりだよな)

どうしても金が必要というわけじゃなかった。ただ紀州に会いに行くのに口実が必要で、金を借りるポーズで押し掛けた。

(潮時《しおどき》だよな)

(さんざん振り回して、迷惑かけた)

諦めが未練を上回り、そして根底には紀州が自分のために別れようと決心したことも理解していた。

（最後くらい、綺麗に終わるか）
（ミツ）
（楽しかったよな）

映画のダイジェストのように、若い紀州の姿が浮かんで消える。大学のキャンパスらしい敷地を歩いている紀州、図書館で本棚に寄りかかって何かを読んでいる紀州、水族館、夜のバー、繁華街の路地、茅葺《かやぶき》屋根の点在するどこかの観光地。

値賀は次々に浮かんでくる映像をただ呆然として眺めていた。…これは紀州の亡くなった恋人の意識だ。

まるで自分が背後霊にでもなったように、紀州の恋人の意識に憑いている。

いや、意識じゃない――これは記憶だ。だから値賀の知らない若い時代の紀州が映像になっている。原口の視界と、脳裏に浮かぶ映像がごっちゃになって、値賀はくらくらした。

原口が気を取り直したように携帯を握り直した。

（最後くらいちゃんと、ありがとうって言っとくか）

古い、値賀には見覚えのない携帯の画面に紀州の名前が表示される。

値賀は徐々にこの状況を把握してきた。

これは数年前の、原口の記憶だ。

生きていたときの――そして死ぬ直前の意識だ。

理解した瞬間、ひっと戦慄《せんりつ》した。

このままだと死を追体験《ついたいけん》させられる。

嫌だ。

怖い。

怖い怖い怖い。

逃げたいのに、逃げられない。

蛍光灯がじじっと点滅した。シーリングライトではない、ペンダント型の古い照明だ。ベランダの窓は網戸《あみど》で、開いている。夏だ。小さな羽虫《はむし》が蛍光灯にぶつかっている。原口がふと窓のほうを向いた。網戸は隅が破れていて、そこから羽音をさせてきらっと光る虫が入って来た。

(今年は虫多いな)

触覚《しょっかく》の目立つ、背面に艶《つや》のある虫だ。小指の爪くらいの大きさの、緑がかった羽を震わせてぶん、と部屋を横切る。

値賀は原口の動きを呆然としたまま追体験していた。逃げようにも、完全にシンクロしていてどうすることもできない。

紀州にメッセージを打とうと原口はまた携帯の画面に目をやった。

(ミツは、俺のすべてだった)

そこまで打って、今までありがとう、元気で、と続けようとした原口の手に、さっきの緑の虫がぶつかってきた。舌うちして払おうとしたが、虫はいったん離れたものの、すぐまた戻って、こんどは腕に止まった。ちりっとした痛みに、原口は腕を振り回した。虫は離れない。原口は携帯をテーブルに置いて、腕についた虫を反対側の手で払った。ぶん、と羽を出して虫が飛んだ。蛍光灯にぶつかり、また戻って来る。原口は腰を上げた。虫をなんとかして外に出そうと手近にあった雑誌をつかんで追い払おうとした。

値賀はうっすらとこの先を予感した。

網戸を開けて、原口はベランダに出た。さっきの虫はサッシの上部にばちっとぶつかり、また部屋の中に戻る。原口が慌てて手を振り回した。虫が手の甲に当たり、原口は反対側の手で覆《おお》うようにして捕獲《ほかく》した。

(くそ、やっと捕まえた)

苛立《いらだ》ちが値賀にも伝わる。死ぬ気なんかない。ただ虫を追い払おうとしている。

この先どうなるのか、値賀は知っていた。

原口はベランダに裸足で出た。とにかくこの虫を遠くにやりたい。

だめ、だめ、と値賀は必死で叫んだ。怖い。怖い。怖い。

原口は覆っていた手を離し、虫が止まっているほうの右手を手すりの向こうに突きだした。

虫は飛ばない。手の甲に止まっている。

(しつこい)

また部屋に戻らないように、できるだけ身を乗り出して、思い切り手を振った。またちりっと肌を刺すような痛みが走る。

(くそ、まじで腹立つ)

値賀は悲鳴を上げた。

止《や》めて、もう止めて。

ぶん、と虫が手から離れ、また手の甲に戻って来た。なんでだよ、と原口は発作的な怒りでさらに身を乗り出して虫を払った。

(あ)

ふわっと身体が傾《かし》いだ。

身体が半分以上手すりから出ている。

(は?)

足が空《くう》を蹴《け》って、焦って手すりにつかまろうとしたら、かえって勢いがついて前傾《ぜんけい》した。

(うそ)

視界がぐるっとめぐる。

原口の感情がわっと襲い掛かってきた。値賀は絶叫した。

(あ)

混乱と恐怖でいっぱいの中、妙に透明な思考が閃《ひらめ》いた。

（待って）
（これ、このまま死んだら）
（自殺）
（俺、さっきミツにメッセージを）
（なんて書いた）
（ミツのせいで死んだみたいに）
（ちがう）（やばい）（みつ）（おれは）
意識が切れ切れになり、目の前に激しい閃光《せんこう》が走った。
（どうしよう）
（みつ）
目の前に光が迫《せま》って来る。脳髄《のうずい》まで突き刺さるような真っ白な光に目が眩《くら》んだ。
「――――は」
えっ、と値賀は瞬《まばた》きをした。
常夜灯のオレンジの明かりの中で、値賀は一人で息を切らしていた。
全身汗びっしょりで、心臓がものすごい勢いで打っている。
「は、…っ」
紀州の部屋だ。

元に戻った。

「…はあっ…」

よかった、元に戻った…！

どっと安堵《あんど》がこみあげて、値賀はその場にへたり込んだ。まだ全身がぶるぶる震えている。冷や汗と涙で濡れた顔を拭《ぬぐ》うと、寝袋が視界に入り、紀州の寝息が聞こえてきた。

歯の根があわず、値賀は声も出せなかった。身体を縛《しば》っていた恐怖はまだ去らない。それでも息が収まってくると、値賀はなんとか手を伸ばしてローテーブルの上のリモコンを取り、シーリングライトを点灯させた。

「──値賀ちゃん……？」

ぱっと明かりがついて、まぶしさで紀州が目を覚ました。

「き、紀州、…さん」

絞り出すようにして、やっと声が出た。

「どうしたの…？」

紀州がもぞもぞと寝袋から起き上がった。まだ半分眠っている紀州に、値賀は思わず抱きついた。

「えっ？　なに？　どうしたの？」

感情が高ぶって、言葉が出てこない。

「怖い夢でも見た？」

ぎゅうぎゅう抱きついてくる値賀に、紀州が焦ったように訊いた。

「みっ、見ました」

ひく、と喉《のど》が詰まった。

「怖い、けど、だっ、大事な夢、み、見ました…っ」

つっかえながら訴えると、紀州はようやく目が覚めたようにちゃんと身体を起こした。

「値賀ちゃん、大丈夫？」

紀州に心配そうに顔を覗き込まれ、値賀はぶるぶる首を振った。

「ちょっと待ってて」

紀州がなだめるように値賀の背を軽く叩き、冷蔵庫からボトルを取り出して、値賀に持って来てくれた。

「す、…すみません…」

冷たい水を飲んで、値賀はやっと少しだけ落ち着きを取り戻した。

「そんなに怖い夢だった？」

紀州は値賀の前に腰を下ろして、心配そうに値賀の腕をさすった。

「あの、紀州さん。この部屋って、もしかしてさっきの、原口拓海さんの住んでた部屋じゃないですか…？」

紀州が目を見開いた。

「なんで？」

「そうですよね？　そこのベランダから、原口さん、転落したんですよね？」

紀州は無言で値賀を凝視《ぎょうし》した。

飛び降りたんじゃない。原口は転落した。あれは事故だった。

「——瑕疵《かし》物件になる、って聞いて」

ややして、紀州が低い声で答えた。

「たまらなかった。俺のせいで、拓海は死んだ。だからせめて俺がここに住んでやろうと思った」

値賀は激しく首を振った。

「違います。原口さんは自殺したんじゃないんです」

ぜんぶの状況が自殺を示唆《しさ》していて、死ぬ間際、原口はそのことにひどく動転していた。あの瞬間の心の動きを、値賀はぜんぶ読み取った。

一番最後のどうしよう、という心のつぶやきは、紀州を誤解させるかもしれないことに対する焦燥《しょうそう》だった。

原口はまったく死ぬ気などなかった。

それでいて、あ、もうだめだ、と思った瞬間あっさり諦めた。

馬鹿馬鹿しい。なんだよこれ。でも俺にふさわしい死にかただ。

一瞬のうちによぎったのはそういう感情だった。

しょうもない人生の、しょうもない終わりかただと自嘲しながら、ただ紀州に誤解させることになってしまうんじゃないかという懸念《けねん》だけが強く残った。

「ごめん、って」

値賀はどこからどう話せばいいのか、必死で考えた。

「そのベランダから転落したとき、原口さん、携帯にメッセージ書きかけだったの思い出して、違う、ごめん、そうじゃない、ってすごく焦ってた。本当は、ミツは俺のすべてだった。ありがとう、元気で、って。そう送るつもりだったんです」

紀州は値賀を瞬《まばた》きもせずに見つめていた。

「俺、値賀ちゃんに、この部屋のこと、話してないよね…?」

値賀は首を振った。

「ここが原口さんが住んでた部屋だったとか、知りませんでした。でも夢で見たんです」

「夢……?」

「眠れなくて。俺、あんなふうに眠いのに眠れないって初めてでした。ちょっとうつらうつらして、でもやっぱり眠れなくて、何か飲ませてもらおうかなって思って起きたら、――いつの間にか、原口さんの記憶にシンクロしてた」

紀州はまた黙り込んだ。わずかに眉を寄せて、なにか考えている。

「俺、さっきは原口さんに猛烈に怒ってたんです。紀州さんに罪悪感持たせるような遺書書いて、一生紀州さんを縛るなんて卑怯だ、許せないって。でも違ってました。俺、見たっていうか…うまく説明できないんですけど、原口さんの一番最後の意識を、同じように体験したんです。原口さんは紀州さんが別れる決心したの、受け入れてました。しかたないって。そりゃそうだ、って。死ぬ気なんかぜんぜんなかった。でももうダメだってなったら、それも受け入れてました。ただ、紀州さんが誤解するだろうってそれだけ強烈に後悔してて……」

紀州は呆然としてベランダのほうを見ていた。

「でも、じゃあ、拓海はなんで落ちたんだ…？」

「虫を、追い払おうとしたんです」

「虫？」

「このくらいの、緑色の虫が部屋に入ってきて、それがうるさかったから追い払おうとしたんです」

苛立ちや疲れがベースにあって、ささくれた感情が突発的な怒りになり、それが事故につながった。でもあのときの状況を言葉で説明するのは難しい。追体験した値賀にも、うまく説明できる気がしなかった。

「し、信じられないかもしれませんけど、本当なんです。そこの、ベランダの網戸の右下がちょっと破れてて、そこから虫が入ってきて…。あ、雑誌。薄い、車の雑誌で最初は追い払おうとしたんです。なかったですか、雑誌」

本当に見たのだということを信じてほしくて、値賀は必死で夢の中で見たものを思い出そうとした。

「携帯はブルーでした。で、あと、右手の中指に指環してました。シルバーの、えっと、えっと、模様のある指環。あと…」

一生懸命並べたてる値賀に、紀州はなだめるように値賀の背中を軽く叩いた。

「ありがとう、値賀ちゃん」

「お、俺、本当に見たんですよ。原口さんの使ってた携帯って、ブルーじゃなかったですか?」

「メタリックブルーだった。でも若い男が選ぶ色なんて、青は多いだろ」

「指環も見ました。してたでしょう? シルバーの指環…」

「してたよ。でも拓海みたいなタイプはたいていシルバーのアクセサリーが好きだ。カーマガジンがあったのも、ここが拓海の部屋だったこともその通りだけど、絶対に類推《るいすい》できないことじゃない」

「——紀州さん、手ごわい」

思わずうなると、紀州が苦笑した。

「我ながら疑い深いね。ごめん」

「いえ。信じたふりをされるよりはずっといいです」

それに、にわかに信じられないことを言っているという自覚もある。

「こんなこと言われても、誰でもそんなの嘘だって思いますよ」

「いや、値賀ちゃんが嘘言ってるなんて思ってないよ。自己催眠的なものなんだろうなとは思ってるけど」

「降霊《こうれい》とか、神懸《かみが》かりとか、だいたいそんなふうに解釈されますから、それが普通です。それは俺もわかってます」

「そういうのを信じて気持ちが楽になれるんなら、それはいいことだと思ってるよ。でも俺は、やっぱりだめだ。ごめんな」

残念そうに言うのがなんだかおかしくて、値賀はちょっとだけ笑った。それと同時にさみしくなった。

楽になりたい、と思うことすら、紀州は自分に許さない。だから彼はこの部屋に住み続けている。

もっと要領よく生きればいいのに。

都合の悪いことは見ないふりをして、過去にあった間違いは忘れたふりをして、「前だけ見ている」ポーズで生きて行けばいいのに。

「…だけど、俺は紀州さんのそういうとこも好きですよ」

「そう？」

「はい」

恋愛に関して、紀州はものすごく不器用だ。なんでもそつなくこなす彼の、きっと唯一の弱点なんだろうなと思う。

紀州が困ったように笑った。

「ありがとう。値賀ちゃんは、優しいね」

見つめ合って微笑み合うと、心が満たされた。夢で見たことは本当だ。でも信じられないのならしょうがない。

「俺はずっと紀州さんのこと、好きでいますよ」

値賀が言うと、紀州はほんのりと微笑んだ。

「早く値賀ちゃんにふさわしい人が見つかるといいなと思うけど、じゃあそれまでは好きでいてください」

「はい」

そう言ってくれるだけで幸せで、値賀は「よろしくお願いします」と頭を下げた。

「こちらこそ」

なぜか二人で頭を下げ合い、それからふふっと笑った。

「さあ、じゃあ値賀ちゃん、そろそろ寝たほうがいいんじゃない？」

「そうですね…」

確かにすこし眠くなっていた。いつもならこんなに起きていられないから、眠くなって当たり前だ。でも今はもう少し今の気持ちを味わっていたかった。

「もうちょっと起きてたいですけど、眠いです…」

「はは、無理しちゃだめだよ」

いつもなら「しょうがない」と抗《あらが》わずに寝床に引き上げるところだ。でも値賀は抵抗した。

「値賀ちゃん？」

ぐっと水底に引っ張られるような眠気に、値賀はぶんぶん首を振った。まだ眠りたくない。

「どうしたの？　大丈夫？」

「すみません、まだもうちょっと…紀州さんとお話ししてたい…」

「無理しないで、寝たらいいのに」

紀州がくすっと笑った。値賀も笑い返したが、強い眠気に襲われて、一瞬ふっと意識が遠のいた。――嫌だ。まだ眠りたくない。

値賀はぐっと目を見開いた。が、すぐまた強烈に眠くなる。

「値賀ちゃん」

眠い、嫌だ、眠い、と何回か繰り返したところで、はあ、っと値賀はため息をついた。

どこか挑戦的なそのため息に、あれっ？　と値賀は違和感を覚えた。

「なんだかな」

勝手に口が動く。……え？

「ミツはどこまでクソ真面目なんだか」

紀州が固まった。値賀も固まった。はずだった。

ふふん、と笑っているのは、いったい誰だ。

「久しぶり、ミツ」

自分の声なのに、自分の喋《しゃべ》りかたじゃない。揶揄《やゆ》するような、甘えるような、こんな話しかたは値賀にはできない。

「俺だよ。わかんない？」

紀州の口がぽかんと開いた。

「まさか…」

喘《あえ》ぐような声に、値賀ははっと笑った。値賀自身は笑うつもりはないのに、明るい声で笑った。

「やーっと会えた。って俺はずっとミツのそばにいたんだけど、おまえ気づいてなかっただろ？」

紀州はひたすら瞠目《どうもく》している。値賀も仰天している。それなのに、表情筋はぜんぜん違う動きをした。口元が上がって、上目づかいに紀州のほうを見る。ついでにいきなりあぐらをかいて、かがみこむような姿勢で膝に肘《ひじ》をついた。ずいぶん不遜《ふそん》な態度だ。

「なに、声が出ないほど驚いている？　相変わらず頭固いねえ」

紀州の目がうろうろと値賀の顔中をさまよった。

「値賀ちゃん…？」

「俺だって」

「――拓海…？」

紀州がおそるおそるその名前を呼んだ。

降霊《こうれい》だ、と値賀は直感した。

今、自分の身体に原口拓海が「降りて」いる。

ぞっとしているのに、値賀の口は勝手に端っこがにいっと上がった。

「そ。この子、体質的に霊が降ろせるんだよ。かなり潜在能力高い子だけど、もうこういう能力は時代的にいらんだろってことでご先祖様たちが覚醒《かくせい》させないでいるっぽい。そういう力って本人をあんまり幸せにしないみたいだからさ。ご祈禱《きとう》で会ったときに、あ、この子に降霊頼もうと思って、俺、ずっと憑いてたの。でもなかなかうまくいかなくてさ。この子のおばあちゃんも、生前は降霊できる孫に期待してたんだけど、死んでから宗旨《しゅうし》替《が》えしちゃってさ。今回だけってようやく説得できたんだよ」

喋りながら、値賀はそういうことだったのか、と驚いていた。紀州も信じられない、というように目を見開いている。

「さっきこの子にミツに伝えてほしいこと見てもらったんだけど、ミツはあのときのこと聞いても信じないいんだなあ」

紀州の喉がごくりと動いた。今、目の前で起こっていることを説明できる整合性のある現象を必死で探しているのがわかる。

「そっか、どーしても信じられないか」

値賀はあっとため息をついた。それから仕方ない、というように紀州をねめつけた。

「ならしょうがないからプライベート大公開しちゃうか。おまえと初めてエッチしたのは大学四年の春。場所は俺がバイトしてたクラブのバックヤード。俺がフェラして、二回目は顔射《がんしゃ》になって、おまえの顔射好きって、たぶんあんとき大興奮しちゃったからだよな？」

「は!?」

紀州がぎょっとしたが、値賀も自分の発言に動転した。

「な、何を急に…」

うろたえた紀州に、値賀は不敵に笑った。

「俺しか知らない情報ったらエッチ系が一番だろうが。ふだんは優しくて穏やかな紀州クン、エッチんときはちょいS入るよな？　まあ俺が意外とMだから相性バッチリだったけど」

「おい」

焦る紀州に、値賀はさらに追い打ちをかけた。

「好きなプレイは顔面騎乗位、からのシックスナイン、って俺が好きなプレイか。はは。でも後ろで手ェ縛ってやんのはおまえが好きだったからだよな。あと目隠しプレイもけっこう気に入ってて、…」

「待て待て待て、ちょっと待て！」

紀州が焦って口をふさいだ。値賀も自分の喋った内容に衝撃を受けた。がんめんきじょうい、って……と漢字変換しようとして脳が拒否した。口をふさいだ紀州の手を、値賀はかぷ、と噛んだ。

「痛っ」

「そんな焦んなくてもいーじゃん」

上目遣いでふふんと笑っているが、値賀はあらゆる方面からのショックで呆然としていた。でも口はやっぱり勝手に動く。

「どう？　信じた？」

「おまえ、自分が何言ってるのかわかってるのか？」

「だって好きな食べ物は納豆で、好きな写真家は大家《おおや》京《きょう》之助《のすけ》で、とかって言ってもまたそのくらいどっかで調べられるとかって言い出すんだろ？　俺とおまえしか知らない情報ったらそれしかねーじゃん。なんなら今から一発やる？」

余裕綽々《しゃくしゃく》で挑発しながら、値賀自身はぎゃー、と悲鳴を上げていた。紀州はふっと力が抜けたように瞬きをした。

「――本当に、拓海なんだな？」

「イエッス！」

軽薄な返事に、紀州が右手で額を押さえた。値賀は両手で顔を覆いたかったが、なぜか胸を張っている。

「…嘘だろ…」

「本当だってば」

「こんなことって本当にあるのか…？」

紀州はまだ呆然としている。

「信じられない。でも拓海だ。そのしゃべりかたは、確かに拓海だ」

「プレイの好みもまんまだろ？」

「そういう話を恥ずかしげもなくするところも、まさに拓海だ」

「はは」

「なにがおかしい」

「だって、やっと俺のことわかってくれたから！」

嬉しそうな声に、紀州は無言で値賀を見つめた。

愛情と、やるせなさ、そしてまだ残る驚きで、紀州は手を伸ばして値賀の頭をくしゃっとかき回した。

「驚いた」

値賀は紀州のほうに身体を傾けた。

「びっくりさせてごめん」

初めて素直に謝った昔の恋人を、紀州は黙って引き寄せた。

紀州さんは本当にこの人のことを愛してたんだな、と値賀は紀州の胸に額をつけながら感じた。でも不思議にまったく嫉妬を感じない。最後に別れを決めたときに、その愛情に決着をつけたことも、なんとなくわかったからだ。

「なー、ミツ」

値賀は顔を上げた。

「こっからが大事なとこなんだけど。俺が死んだいきさつはわかってくれた?」

「ああ…」

紀州が微妙な表情を浮かべた。

「虫を追い払おうとしてベランダから転落したって聞いた」

「お恥ずかしい限りです」

「本当なのか」

「本当です。事故なの。俺、おまえもよくご存じのとおりのくだらない生きかたしてて、半分やけくそになってて、おまえにもフラれたし、ああもういいやって思ったんだよね。で、落っこちながら、俺はそれに心底がっかりしたんだよ。死にたくないって思える人生送りたかったなってすげー後悔した。そのときにはもう遅かったんだけど」

値賀は紀州の胸から顔をあげた。

「だからそろそろ勘弁して？」

「どういうことだ？」

眉をひそめた紀州に、値賀はやっと真面目な顔になった。

「おまえは誠実で、真面目で、情に厚い人間だよ。おまえが俺のこと好きになってくれたのは、俺のくだらねえ人生の中の、唯一の幸運だと思ってる。ほんとありがと。けどさ、おまえが俺をずーっと思ってくれてるせいで、俺は成仏《じょうぶつ》できないんだよ」

値賀は紀州をまっすぐ見つめた。

「俺はさ、もう一回やり直したい。生まれ変わりたい。自殺したらリセットするの難しいんだけど、俺、事故だから。おまえが俺のこと手放してくれたら、俺、さっくりあの世に戻って、浄化《じょうか》して、もう一回生まれ直す。次はもっともっと生きたい、死にたくないって泣きわめくような人生送るよ」

驚いている紀州の手を、値賀は両手で握った。

「長いこと、ありがとう」

「…俺のせいで、拓海は成仏できないのか…？」

「ミツのせいばっかりじゃないけど、大本はそう。おまえがずっと俺のこと忘れないで、贖罪《しょくざい》意識感じてるから、俺、それに引っ張られて向こう行けない」

「――そんな……」

「真面目すぎんだよ、ミツは。この子もそうだけど、もうさ、他人を優先して自分を犠牲にするとか時代に合わないからやめたほうがいいよ。そういうのは共同体で生きてたときの美徳で、今はもっと自分勝手に生きなきゃだめ。それが結局は全体の幸福につながるんだし」

紀州がむっとした。

「おまえ、よくそんな説教ができるな」

「本当だってば」

「拓海はそれで後悔したんじゃないのか」

「怠惰《たいだ》と自分勝手は似てるけど違うんだよ」

値賀は偉そうに胸を張った。紀州が眉をひそめる。

「そんなのは屁理屈《へりくつ》だ」

「屁理屈じゃねーよ。一時的な欲と楽に流されんのと、自分が欲しいものを本気で取りに行くのはぜんぜん違う。一日十時間寝る体質なら一日十時間寝りゃいーの。別にそれで役立たずと

か思う必要ない。そんでこの子がくうくう寝てるのが可愛くて好きになったんだったら、思う存分エッチすりゃいーんだよ。エロい目で見ないように耐えるとか、なんの我慢大会だよ。この子だってミツとエッチなことしたいのに、二人して清らかな顔で耐えてるの、滑稽《こっけい》だっつの」

後半になって値賀は「はっ!?」とパニックになった。確かに好きだとは言ってくれたが、エロい目で見てくれているなんて知らなかった。紀州も慌てて「おい」とうろたえた声でたしなめた。値賀はふふっと笑った。

「とにかく、そゆこと。俺のことはときどき思い出して、若さゆえの暴走セックスを懐かしんでくれれば幸い」

じゃあね、と値賀は紀州の唇にちゅっとキスをした。

「ばいばい、ミツ」

腰の奥のほうが熱くなり、ぐるっと何かがうごめいた。

「ひ…ゃあ…っ」

なんともいえない変な感覚に、値賀は思わず紀州にしがみついた。

「拓海?」

「ち、ちが…っ」

「値賀ちゃん!?」

ぶるっと胴震いすると同時に、目に見えないものが身体の中を上昇して、ものすごい勢いで抜け出て行った。

「——は……っあ、あ…ん、…」

ぐるぐる眩暈《めまい》がして、変な声が出た。なんだかエッチな声だと一瞬思ったが、自分ではどうにもならない。

「——き、紀州さ……」

気がつくと、値賀は仰向けに倒れていて、正面に紀州がいた。値賀の上にのりかかるようにしていて、照明を背にした紀州の表情はよく見えない。

「値賀ちゃんか?」

心配そうに訊かれ、値賀は慌ててうなずいた。

「お、俺です」

掠《かす》れた声が出た。紀州がほっと肩から力を抜いた。

「よかった…!」

値賀が起き上がろうとするのに、紀州が手を貸してくれた。手を握られて、値賀はさっきのキスを思い出してかっと頬が熱くなった。心臓がものすごい勢いで動いている。

ばいばい、という軽い挨拶とともに唇にちゅっと音たててしたキスは、ささやかなものだった。でも値賀には初めてのキスだ。

やわらかな感触を思い出し、紀州の顔を見ていられなくなった。ついでに自分の口を借りて語られたあれこれも思い出してしまう。中でも一番インパクトの強かった「がんめんきじょうい」を漢字変換しないように、値賀は急いで意識から追い出した。

自分をエロい目で見てくれているというのも、本当なんだろうか…。

「値賀ちゃん、大丈夫？」

「は、はい」

紀州は変な夢でも見ていたんじゃないか、というように瞬きをした。

「気分は？　悪くない？　どこか痛いとことか、おかしいとこない？」

「大丈夫です。すみません」

値賀がなんともないことを確かめると、紀州は「よかった」と安心したように息をついた。

「値賀ちゃんに何かあったらどうしようって焦ったよ」

「びっくりしましたよね…」

値賀もふう、と大きく息をついた。もう眩暈はおさまっているし、身体のどこにも異常はない。

「降霊は、姉ちゃんもできないし、実際に見たことがないから俺も半信半疑なところありました。まさか自分が降霊することになるなんて、夢にも思ってなかった。あんなふうになるんだ……知らなかった…」

自分の身体を乗っ取られた不思議な感覚を思い出していると、紀州がふと眉を寄せた。急に落ち着かない様子で眼鏡のブリッジを押さえて視線を落とす。

「どうかしたんですか？」

「いや、あー…」

しばらくなにごとか逡巡《しゅんじゅん》していたが、紀州は思い切ったように顔を上げた。

「あのさ、ちょっと聞きたいんだけど、さっき、その、拓海が値賀ちゃんに乗り移ってたときって、値賀ちゃんは意識なかったんだよね…？」

値賀はどっきりして、とっさに返事ができなかった。

「えーと…」

言いよどんだ値賀に、紀州が顔色を変えた。

「まさか、拓海がしゃべったこと、値賀ちゃん聞いちゃった？」

「えと、その、あの」

焦って訊かれ、嘘をつききる自信がなくて、値賀は観念した。

「あ、あの、しゃ、しゃべりながら、…聞いていました…」

両手のひとさし指をつつき合わせながらうなずくと、嘘だろ、とうめいて紀州が天を仰いだ。

穏やかで紳士なイメージしかない紀州の若き日の性生活をのぞき見した気がして、値賀も赤面した。

「す、すみません」

「いやそれは値賀ちゃんのせいじゃないから。あー…でも…」

紀州もさっきの発言を思い返している。耳を赤くして困惑している紀州を、値賀は「かわいい」と思ってしまった。

「紀州さん」

「忘れてくれないか」

意を決した値賀と、気を取り直した紀州が同時に口を開いた。

「何をですか」

「全部！」

「嫌ですよ！」

値賀は思わず言い返した。

「原口さんとのあれこれは忘れるように努力しますけどっ、でも俺のことを、そのっ、い、い、いかがわしい目で見てたことは忘れたくないです！」

「いかがわ…」

紀州が絶句した。しまった、そこまでは言ってなかった、と値賀は焦った。

「す、すみません。違いました。え、エロい目で見てる、でした」

訂正してみて、あんまり変わらないか？　と混乱してきた。紀州は相変わらず言葉に詰まっている。

「で、でも俺も同じだって、紀州さんも聞いたでしょう…?」

こうなったら、と値賀は覚悟を決めた。

「俺は、紀州さんのことが、す、す、好きですから、いろいろしたいと思うのはあたりまえだと思いますっ」

どきどきする心臓に負けないように、目を見てはっきり言った。

「好きです、紀州さん」

「……俺もだ」

紀州が降参《こうさん》、というように言った。

「俺も、値賀ちゃんのことが好きだ」

きっとそう答えてくれると信じていたけれど、実際に聞いて、値賀は身体中が痺《しび》れるほど感動した。

「紀州さん…!」

うずうずする喜びで、声がうわずった。

信じられない。紀州さんと恋人同士になれるなんて!

「紀州さん…」

声が勝手に甘く蕩《とろ》けてしまう。紀州も視線がうろうろと落ち着かない。きっとキスしてくれる、と期待して待っていると、紀州は値賀の両手を握った。そして優しく促《うなが》した。

「値賀ちゃん、もう寝たほうがいいんじゃないか？」

値賀は瞠目した。

今、なんと？

「いろいろあって疲れただろ？　もう寝たほうがいいよ」

「紀州さん…」

声が恨みがましくなるのは当然だと思う。紀州は明らかに動揺していた。

「ど、どうしてですか？」

ここは最低でもキスくらいはあってしかるべきだ。

「どうして、とは？」

「キ、キスくらいしてほしいです…！」

正直に訴えると、紀州はなぜかしばらく固まって、それからいやいや、と首を振った。

「それはまずい」

「まずい？」

「歯止めがかからなくなるおそれがある」

「かけなくていいですよ！」

かっとした値賀に、紀州は諭《さと》すように首を振った。

「いや、だめだよ。値賀ちゃんは誰ともつき合ったことないって言ってたし」

「言いましたけど、誰にだって初めてはあるでしょう？　それに二十二で、好きな人と両想いになったらエッチしたいと思うのは普通ですよ！」

「そんな、勢いですることじゃない」

紀州はあくまでも紀州だった。本当に手ごわい。大人の分別を発揮され、値賀はどうしたらいいのかわからなくなった。そもそも自分に魅力が足りないから「もう寝たほうが」などと諭されるのだ。いや、もしかして値賀を傷つけないように話を合わせてくれただけなんじゃ…、とだんだん自信がなくなってきた。

そのとき、ぶん、と小さな羽音がした。

はっとして見ると、きらっとメタリックな輝きを乗せ、小さな虫が目の前を横切った。

「うわっ」

びっくりして紀州のほうに身体を寄せた。紀州が反射的に抱き留める。

「あ」

値賀はかあっとのぼせてしまった。紀州も値賀を抱きしめたまま、はっと身体を竦《すく》ませている。

「——値賀ちゃん…」

しっかりした紀州の腕の感触に、値賀はじん、と身体が痺れ、力がまったく入らなくなった。くたりとしたまま紀州を見上げると、眼鏡の向こうの瞳がぐっと力を持った。

「…だめだ…」

激しい葛藤《かっとう》が伝わってきて、やがて紀州の苦しそうな声がした。近づいてくる唇に、値賀はひたすらどきどきしていた。目を閉じることも忘れ、唇が触れてやっと目をつぶった。心臓が怖いほど速く打っている。

「ん――」

唇に何度もキスされて、息が震えた。

「値賀ちゃん」

とうとう濡れた熱い舌が口の中に入ってきた。値賀は夢中で舌を差し出した。

「は…っ、あ――」

初めての本物のキスに、値賀はくらくらした。

すごい、これがキス。こんなに生々しくて、激しくて、――どうにかなりそうに甘い。

「値賀ちゃん、…本当に、いい?」

紀州が唇を離して、熱っぽく囁いた。

いいどころか、してくれなかったら泣きそうだ。紀州の首に腕を回したままうなずいて、値賀はさっきのメタリックグリーンの虫が、部屋の隅に消えるのを見た。

あ、ととっさに閃《ひらめ》くものがあった。

さっきはあの虫に驚いて紀州にくっついてしまった。あれは、原口だ。

そういえば、紀州と出会ってから、小さな偶然や、思いがけないタイミングが何度もあった。あれもぜんぶ彼の応援だった。

最初から、原口はずっと値賀を応援してくれていた。

それなのに値賀はまったく気づかなかったどころか、「紀州さんを罪悪感で縛ろうとしてる」と怒り、断固戦う、と宣戦布告までしていたのだ。

誤解しててごめんなさい、と原口に心の中で謝っていると、紀州の指が頬に触れてきた。値賀は息を止めた。

「好きだよ」

紀州の唇が重なってきて、値賀は夢中で抱きついた。

8

怖かったり、嫌だったりしたらちゃんと言ってね？　と紀州《きしゅう》に言われて、値賀《ちか》は夢見心地でうなずいた。

でも何をされてもぜったいに怖くないし、嫌じゃない。

そのくらいこの人が好きだ。

紀州が眼鏡を取るのを、値賀は息が止まりそうな思いで見つめていた。紀州はローテーブルに眼鏡を置いて、ついでにその横にあったリモコンでシーリングライトの灯《あか》りを落とした。

羽毛のようなキスを何回かされて、それからゆっくりと体重をかけられて、押し倒される。

値賀の頬や耳にキスしながら、紀州は値賀の服を脱がしにかかった。手慣れた動きに、これから彼の好きにされるんだと感じて、値賀はすっかり息が上がった。

ちょいS入ってる、と原口《はらぐち》が言っていたが、ふだんの穏やかで優しい紀州しか知らない値賀は半信半疑だった。

「あ」

でもわかる。容赦《ようしゃ》なく服を脱がしていく紀州はだんだんスイッチが入ってきている。乱暴ではないが、紀州の動きには有無《うむ》を言わせないなにかがあった。

きっと彼はセックスのときには、穏やかでもなければ優しいだけでもない。その予感に、値賀の中でも変化が起こった。

「——値賀ちゃん」

全裸に剝《む》かれて、値賀は上からじっくり鑑賞された。

足首をつかんで、ゆっくりと大きく両側に開かされる。値賀は抵抗しなかった。恥ずかしいけど、恥ずかしいのが気持ちいい。自分の中にも、自分で知らなかった部分がある。

「可愛いな…」

もうこれ以上ないほど勃起して反《そ》り返っているものを指先で触れられて、値賀はびくっと背中を反らせた。先端が濡れていて、紀州の指が透明の糸を引いた。

「――ん…」

開いた足を、今度は上に上げさせられた。好きにされていることに興奮して、値賀は言われる前に自分で両足を抱えるようした。紀州がわずかに目を見開いた。値賀も自分でびっくりしていた。でも違和感はない。

紀州がよくわかったね、というようにふっと笑った。その笑いかたにも感じてしまう。自分にこんな性嗜好《せいしこう》があるなんて、自分でも知らなかった。それとも好きな人の好みに染まってしまう性質だったのか――どっちにしても、きっと自分たちはものすごく相性がいい。たぶん。

「もっと腰上げられる?」

優しい口調なのに、命令されている気がした。

「もっと…?」

「うん。値賀ちゃんのぜんぶを見たい」

嫌だと言ったら、きっと彼は無理強いはしない。でも。

「キスして、紀州さん」

頼んだら、かがみこんで、紀州はごく軽いキスをしてくれた。そしてすぐまた上から見下ろす。もっとキスしてほしかったら、彼の言うことをきかないといけない。なぜか、そういうことがぜんぶわかった。

もともと持っている気質が嵌《はま》り合ってる。それを相性がいい、と言うんだろう、と値賀は霞《かす》みそうな頭の中で切れ切れに思った。

「……」

思い切って膝の裏を抱えて、ぜんぶを見せた。強烈に恥ずかしい。でも恥ずかしいのが気持ちいい。

「…可愛いよ」

紀州の声がものすごく優しくて、よくできました、と褒《ほ》めてくれているのもわかる。値賀は涙ぐみそうになった。恥ずかしいのを我慢してちゃんと彼の言うことをきけた。それを褒めてくれた。

「値賀ちゃんは、恥ずかしいのが好きなのかな」

「え…」

「ローション要《い》らないかな。すごい、とろとろになってる」

「あ…っ」

なにかがたらっと下腹を濡らして、それが自分の先走りだとわかって、かあっと耳が熱くなった。

「値賀ちゃん、すごいエッチで可愛い」

揶揄《やゆ》するような声音が、さらに追い打ちをかける。

「もーやだ…」

「ふふ」

大人っぽい笑いかたに、背筋が甘く震えた。知らなかった彼の一面に、ずっとどきどきさせられっぱなしだ。

「ん…」

ご褒美《ほうび》にキスしてもらい、値賀は足を離してかぶさってくる紀州の背中に腕を回した。紀州はTシャツを着ている。

「紀州さんも、脱いで」

「うん」

自分だけ全裸で抱きついているのが恥ずかしい。

「あ」

紀州が値賀の上に体重をかけて、キスしてきた。自然に彼の腰のあたりに足を絡めると、布地越しに勃起が触れあった。

「ん…っ、……」

まだキスに慣れていなくて、うまく息継ぎができない。それが可愛い、というように、紀州は何度も唇を離してはまた深いキスをしてくる。

「ん、ん…っ」

ついていけなくて、値賀は息が苦しくなった。可愛くて仕方がない、というように紀州がくすっと笑って値賀の鼻をつまんだ。

「もー、き、紀州さん…、俺で遊んでる、でしょ…っ」

切れ切れに抗議したが、ぜんぜん嫌じゃない。むしろ遊ばれている感じに、ぞくぞくした。

「そんなつもりじゃないけど、値賀ちゃんがあんまり可愛いから、ついからかいたくなる。ごめんね」

「もう…っ」

「値賀ちゃんがこんなに可愛いなんて、知らなかった」

「俺も、紀州さんがこんなに意地悪なの、知らなかったです」

「嫌いになった？」

紀州が困ったように言って、手を伸ばして来た。

「そん、な、…ならないです…、あ、や…っ」

濡れきっていたものを愛《いと》おしむように包まれて、値賀は息を呑んだ。

「だめ……っ」

器用な指の動きに、鋭《するど》い快感が走る。

「あ、ぁ……」

我慢する間もなく射精してしまって、あまりのあっけなさに値賀は呆然とした。

「イッちゃったね」

あれ、というように紀州がつぶやいた。揶揄するような言いかたに、頬も耳もかっと熱くなった。

「ひどい、紀州さん」

「ごめん」

ひそやかな笑いが艶《つや》っぽくて、値賀は抗議しながらうっとりした。

「いっぱい出たね」

「ん…、濡らしちゃって、ごめんなさい」

「こら」

スウェットを汚したことを謝ったら、なぜか紀州はちょっと慌てた。

「可愛い顔で、やらしいこと言わないの」

「やらしーこと…、濡らしちゃったって言ったらだめなんですか？」

「だから、そういうこと言わない」

紀州の慌てるポイントがよくわからない。でも急に彼が余裕をなくしたことに、値賀はちょっと得意な気持ちになった。脱いで、とTシャツの裾《すそ》を引っ張ると、紀州はひざ立ちになって起き上がり、脱ぎはじめた。常夜灯の明かりでも、目が慣れてしまえば問題なく見える。紀州はさすがに鍛《きた》えられたきれいな身体をしていた。

「…うわぁ…」

肘《ひじ》をついて上半身を起こしていた値賀は、紀州が下を脱ぐのを見て、思わず声を洩らした。完全に持ち上がっているものの存在感に、目が逸《そ》らせない。

「触ってもいいですか？」

値賀はそっと手を伸ばし、どきどきしながら紀州を握った。大きくて固くて、そして触れるとさらにぐっと力を増した。

「すご…おっきぃ」

「だから。そういうこと言ったらだめ」

紀州が困惑したように言った。

「値賀ちゃんは大胆だな」

「そうなんですか？　…あっ」

紀州に肩を押されて、また仰向けにされた。覆いかぶさって来る紀州の肌に肌が密着する。素肌が触れあう感覚に、かあっと身体が熱くなった。

「紀州さん…っ、ん…あ、あ…」

やっと少しだけキスに慣れた。息継ぎがうまくできて、絡んでくる舌にも応えられる。紀州の唇が離れ、至近距離で微笑み合った。もう一度軽くキスをして、唇から首筋、鎖骨《さこつ》、と紀州の舌が移動していく。恋人の硬い髪の感触と舌の動きに、値賀は息があがった。指が胸を探り、内腿《うちもも》を這う。

「…っ、ん…ぅ…」

まったく経験がなくて、値賀は自分の性感帯もよく知らない。くすぐったかったり、ぞくりとしたり、未知の感覚にいちいち驚いた。紀州も値賀の反応を愉《たの》しんでいるのがわかる。

「あ、あ、あ…っ」

頭が下がっていき、とうとうそこに到達した。軽く両足を立てて開かされ、値賀は無意識に息を止めた。濡れた熱い口の中に包まれて、あまりの快感に紀州の髪をつかんだ。

「や、ああ…っ、あ、…や、…あぁっ、また、いく、いく…っ」

甘ったれた声にそそられるように、紀州の口淫《こういん》がどんどん激しくなる。

「もう、ほ、ほんと…に、だめ…っ…」

舌がいやらしく舐めて、唇が強くしごく。

「あぅ…っ、あ、あ」

さっき一度射精したのに、あっという間に絶頂感が押し寄せ、値賀は焦った。

「――っ」

だめ、と思う一瞬前に唇が離れた。代わりに強い違和感にはっと身体が竦む。いつの間にか奥に指を入れられていて、びっくりした。

「ここ、嫌い?」

ごく浅いところで、たぶん人差し指が動く。

「わ…かんな…い、です」

「自分でしたことない？」

「…ちょっとだけ」

年相応の欲求や好奇心から、何回か自分で指を入れたことはある。値賀が答えると、紀州は
「値賀ちゃんが自分でしてるとこ、見てみたいな」と囁いた。

「え…」

どきっとして思わず紀州を見上げると、怯《おび》えた顔になっていたのか、紀州が苦笑して値賀の上に戻って来た。

「今じゃないよ。そのうちね」

そのうちって、といろんな意味で動揺すると、紀州はまた笑った。

「だいじょうぶ、値賀ちゃんが嫌なことを無理強いしたりしないよ」

「ほんとに？」

「うん。俺を信用して」

紀州のことは信用できる。でも彼にそそのかされて、そのうち今では考えられないようなことまでしてしまいそうな予感があった。

「紀州さん、優しいけどなんかちょっと怖い…」

「ひどいな。…痛い？」

紀州の手がまた同じところを探った。

「だいじょうぶ…です」

でも違和感がすごい。こんどはすぐ指が出て行き、値賀はほっと身体の力を抜いた。

「値賀ちゃん、自分で指入れて、気持ちよかった？」

「えっ？」

紀州がゆっくり腿《もも》を持ち上げた。

「ここ。気持ちよかった？」

「ん…わかんなかった、です。なんか怖くてあんまり奥、入れなかったし…」

こんどは何をされるのかとびくついているのがわかったのか、紀州がまた困ったようにほんのりと笑った。

「値賀ちゃんのちょっと怖がってる顔、だいぶまずいよ」

「え？」

「俺が今二十歳だったら、だいぶまずいことになってた」

冗談なのか本気なのか判断がつかず、まずいことになってた、がどんな状態をさすのかもわからなくて、値賀は思わず紀州の腕にぎゅっとすがった。紀州が怖いのに、紀州に助けを求めている。

「そんな顔しなくても、値賀ちゃんに怖いことしないって」

ふっと笑ってから、紀州は「それに、そういう顔って俺みたいな男には逆効果だから、やめたほうがいいよ」と諭《さと》すように囁いた。

「や、やめたほうがいいって言われても、――あ」

いっぱいいっぱいになっている値賀を、紀州は一度抱きしめた。

「値賀ちゃんがこういうことに慣れるまでは大事にするから。嫌なこともぜったいにしないよ」

優しい声に安心しながら、慣れるまで…？　と首を傾げる部分もある。紀州はゆっくり値賀の足を広げさせた。

「あ」

いきなり熱く濡れた感触に包まれ、値賀は背中を反らせた。

「あ、あぁ…っ、……ん、…っ」

快感しか与えない、というような絶妙な舌と唇に翻弄《ほんろう》される。大人の技巧の前にはなすすべもなく、値賀はぐずぐずになってただ喘いだ。

「あ、いやぁ…っ…」

ぐっと強く吸われ、値賀はまた射精した。さっきのあっけない絶頂とは違う、強烈な快感にぜんぶの感覚をもっていかれる。

「――ッ、はあっ、はっ、はあ…ぁ、はあっ…」

一瞬の空白のあと、値賀は必死で酸素を求めた。息が苦しくて、くらくらする。

「大丈夫?」

紀州が口をぬぐいながらずり上がって来た。余裕の恋人に見下ろされ、値賀ははあはあ息を切らしながらうなずいた。こめかみを汗が伝い、唇を唾液《だえき》が濡らしている。紀州が愛おしそうに手のひらで値賀の顔を拭《ぬぐ》ってくれた。

「気持ちよかった?」

「すごく…、よかった」

値賀は何度もうなずいた。

「紀州さん、俺も…し、したい」

「ん?」

「口で、…」

呼吸が苦しくてまともにしゃべれない。

「いいよ、そんなこと」

紀州がちょっと慌てたように首を振った。

「俺が、したいんです」

「値賀ちゃん」

起き上がって紀州のほうにかがみこもうとすると、腕をつかんで引き寄せられた。

「そんなこと、本当に値賀ちゃんはしなくていい」

したいのに、と思ったけれど、上手にできる自信もない。

「——じゃあ…」

値賀は腰を浮かせて、紀州のほうに体重をかけた。

「ちゃんと、したい。してください」

「値賀ちゃん…」

「中、入れて」

紀州は圧倒されたように値賀の顔を見つめていたが、やがてはあっと大きなため息をついた。

「値賀ちゃん、こんな小悪魔系だったのか」

「こあくま?」

「我慢しようと思ったのに…」

紀州が値賀のあごをつまんだ。キスのタイミングはもう覚えた。

「キス上手くなったね」

紀州の舌が入ってくる前に軽く唇を開いて待っていると、からかうような口調で言われた。

「俺、何にも知らないから。紀州さんが教えてくれたら、ちゃんとそのとおりにします」

思ったことを言っただけなのに、紀州はなぜか一瞬固まった。それからまたはあっと息をついた。

「やばいな」

「?」

真顔でつぶやかれたが、意味がわからない。

「俺の好みにしちゃっていいの」

「だって俺、紀州さんとしかえっちしないですから」

「おお…」

紀州が額《ひたい》を押さえた。

「どうしたんですか?」

「いや…。俺、値賀ちゃんを一生大事にします」

「? はい。ありがとうございます」

自分の発言の何に反応しているのかよくわからなかったが、一生大事にします、と真面目に言われて、値賀は嬉しくなった。

「あ」

腰のところをつかまれたと思ったら、ひょいと紀州の膝の上に乗せられた。

「値賀ちゃん、腰上げて」

言われた通りに膝に力を入れて腰を上げると、紀州が両手でそこを割り広げた。さっきさんざん舐められて、ついでにまた何回か指も入れられた。

「痛い？」

「——痛く、はない…です」

隆起《りゅうき》したものの上にまたがるようにさせられて、値賀はバランスをとるために紀州の肩にすがった。

「自分のタイミングで、ゆっくり、腰下ろしてみて。さっき指入れたから、そんなに痛くないはずだけど」

「——」

「痛かったらやめていいよ。無理そうだったら今日はやめとこう」

「——ん……」

ゆっくり息して、と言われて、値賀は深呼吸をした。未知の行為に本能的に身体が固くなる。でもそれ以上に彼と結ばれたいという思いが強かった。

「値賀ちゃん」

紀州がしがみついている値賀の耳にキスしてくれた。

「本当に、無理しなくていいからね」

さっきまでの、どこかからかうような声音は鳴りを潜《ひそ》め、ただひたすら値賀を気遣ってくれている。値賀は一度紀州から顔を離して、真正面から見つめ合った。

「紀州さん…、俺、今紀州さんとセックスしてる…」

「うん」

「嘘みたい。すっごい、嬉しい」

紀州が目を見開いた。それからゆっくり瞬きをして、値賀の頬にそっと触れた。

「――俺もだよ」

「本当に？」

「本当に」

優しい声に、値賀はぎゅっと紀州に抱きついた。幸福感に満たされて、身体から余計な力が抜けた。

「――あ……っ」

ぐっと押し広げられる感覚のあと、大きなものが中に入ってくる。自分の体重で、身体が沈む。

「あ、あ、…っ、…紀州さ…ん、…」

値賀は息もできず、ひたすら紀州にすがった。

「大丈夫…？」

「――なんか…すご…い、おっきぃい…」

「値賀ちゃん…」

大きい、と言いたかったのに舌足らずになってしまって恥ずかしかった。紀州がうなるような声を洩らした。

「えっ？　あ…っ」

中の紀州がさらに力を増した。値賀はびっくりして、紀州の首にしがみついた。

「なんで…またおっきくなった…」

「値賀ちゃん、頼むからもう黙って」

「ご、ごめんなさい」

白けさせてしまったのかと焦ったが、紀州の目は熱っぽい。

「あ」

抱きすくめられ、激しく口づけられた。

「ん…っ、あ、あ…っ」

背中を抱いたまま、紀州が態勢を変えた。ぐるっと視界が回転し、値賀は床に背中を押しつけられていた。

「値賀ちゃん…」

「――ッ、あ、…っ、紀州、さん…っ…あ、あ、あ…っ」

足を持ち上げるようにして、紀州がゆっくりと律動を始めた。最初は小刻みに、値賀がついていける緩《ゆる》いリズムで、それから徐々にスピードを上げた。

「…は、はぁ、あ…っ、はあ、……」

値賀は湧き上がって来る快感にぎゅっと目を閉じた。紀州が値賀の手を探して指を絡めてきた。

濡れた音がいやらしくて、値賀は恥ずかしくて何度も首を振った。でも確実に身体は快感を拾って反応する。

「…ッ、あ、あ…っ、紀州さ、…それ、それしないで…嫌…っ」

中の、感じるところ。そこを抉《えぐ》るようにされると泣きたいくらいに気持ちがいい。本能的にそこで気持ちよくなるのはだめだという気がして、逃げたくなった。

「なんで？　ここ、気持ちいいんだろ？」

「ん、いい…いいけど、でも…っ、そこ、そこは…っ」

「初めてなのにここで感じちゃうのが怖いの？」

値賀はがくがくうなずいた。

「イキそう、でも、なんか…っ」

「大丈夫、怖くないよ」

「う…っ」

もうだめ、と値賀は臨界点で恋人に縋《すが》った。

「やだ、あ、あ…っ」

「――ごめん」

ふいに、紀州が本気になったのがわかった。激しさについていけない。でもこんなふうに求められているのが嬉しい。

「値賀ちゃん」

初めて聞く苦しいような声に、心が震えた。

「あ」

ひときわ動きが早くなり、嵐のような快感に、値賀はただ打ちのめされていた。

「——値賀ちゃん」

中で彼が脈動するのがわかった。

一瞬の空白のあと、紀州が荒い呼吸をしながら強く抱きしめてくれた。

値賀はただ必死で呼吸をしていた。

「大好きだよ」

俺もです、と答えたつもりだったけれど、声がちゃんと出たのかわからなかった。

脳みそが溶けるほど眠くなり、値賀はそこで意識を失った。


……また懐かしい夢を見ていた。

賑《にぎ》やかで雅《みやび》な音楽に乗って、菩薩《ぼさつ》さまがひらひらゆるゆる天空を舞っている。値賀は雲の端っこにふんわり座って、遠くのほうからそれを見ていた。尾の長い鳥がすいっと目の前を横切って行く。値賀は手を伸ばしてつるつるした鳥の尾を撫でた。半透明に輝く小鳥たちにも手を振って、それから菩薩さまのほうにも手を振った。

おばあちゃん、ありがとう。

菩薩さまの姿をした祖母がほほほと笑い、作画の違う後ろの男と何かささやき交わした。明るい髪色の美形が値賀のほうを見てふふんと笑う。ウインクしてさまになる日本人を、値賀は初めて見た。

男の口がじゃーな、と動き、値賀は大きく手を振った。

ありがとう。そして、さよなら。

尾の長い鳥のあとを半透明の小鳥たちがついていく。音楽がだんだん遠ざかり、鳥の尾っぽも見えなくなった。

そこで値賀は目がさめた。

ロフトベッドで、丸くなっている。

「あれ…?」

ぱちぱち瞬きをすると現実感が戻って来た。

ちゃんと服を着ていて、毛布に包まれている。一瞬、なにもかも夢だったのかと思いかけ、値賀はがばっと起き上がった。

「あ」

着ている服は紀州の大きすぎるルームウェアだ。そして下着をつけていないこと、なにより変なところが変な具合に痛いのが、ゆうべのあれこれが夢じゃない、と告げていた。

「値賀ちゃん、起きた？」

ロフトの下から声がして、値賀は慌てて下を覗いた。紀州がコーヒーカップを片手にこっちを見上げていた。カーテンを閉めているが、洩れてくる光から、もうとっくに昼だとわかる。

「す、すみません、今何時ですか…？」

「三時半だよ」

「さ」

昼どころか、もう夕方に差し掛かっている。

「俺はいいんだけど、値賀ちゃんの予定どうなってるのかなって心配してたとこ」

「すみません！」

「今日は休みだよね？」

「はい。えっと、明日は昼から仕事が一件あります。だから今日中に帰ればだいじょうぶです」

予定を思い出しながらロフトを降りると、紀州が自然に手を貸してくれた。

「昨日、無理させちゃったよね。ごめん」

「えっと…いいえ、その」

すっぽり抱きしめられて、額にキスされた。

「どうしたの?」

こんなことする仲になったんだ、と信じられない気持ちでいると、紀州に不思議そうに訊かれた。

「——幸せをかみしめています」

値賀の返事に、紀州は目を見開き、それから楽しそうに笑った。

「俺もです」

見つめ合って、それからこんどは唇にキスをしてもらった。

「紀州さん、もしかしてロフトに運んでくれたんですか?」

「値賀ちゃんいっぱい寝るから、寝袋じゃかわいそうだし、おんぶするよって言ったら、ふにゃふにゃしながら背中に乗っかって来た。覚えてない?」

「はい…」

紀州はまた笑って、値賀の頭をくしゃくしゃと撫でた。

「お腹空いてるだろ?　何か適当に作るから、値賀ちゃんはシャワーしておいで」

「はい」

シャワーをしてさっぱりすると、紀州がパスタを作ってくれていた。何もなくてごめんね、と言われたが、トマトとチーズのシンプルな組み合わせなのに、素材がいいのか、ものすごく美味《おい》しかった。

「紀州さん、お料理上手なんですね。すごく美味しいです」

「ほんと？　よかった」

値賀が食べているのをにこにこ見守っていた紀州は、値賀がごちそうさまでした、と手を合わせると、急に居住まいを正した。

「値賀ちゃん」

「はい」

突然真剣な表情を浮かべた紀州に、値賀もびっくりして正座した。

「昨日は、なんだかいろいろあってきちんと話ができなかったから、改めて言うね。俺は、値賀ちゃんが好きです」

きっとそう言ってくれる、と期待していたけれど、実際に聞いて、値賀は胸がいっぱいになった。

「年離れてるし、俺は過去に恋人をちゃんと救えなかった。でもそのぶん値賀ちゃんのことを精一杯大切にしようと思っています。俺とつき合ってくれますか？」

「紀州さん…！」

胸がどきどきして、飛びつきたいほど嬉しかったけれど、ちゃんと返事をしなくちゃ、と値賀は両手を膝に置いた。

「俺も、いっぱい寝ちゃうし、いろいろだめなとこあるけど、紀州さんとおつき合いがしたいです。よろしくお願いします」

丁寧に頭を下げると、紀州も同じようにきちんと頭を下げてくれた。

「こちらこそ、よろしくお願いします」

挨拶し合って微笑み合うと、紀州が大きく両手を広げた。

「値賀ちゃん」

「紀州さん！」

値賀は今度こそ恋人に飛びついた。

もうなんの遠慮もいらない。

「大好き、大好き！」

こんな素敵な人が、俺の恋人になってくれた！

幸せで幸せで、値賀は顔が笑ってしかたなかった。

9

原口拓海《はらぐちたくみ》の墓は、八王子のはずれの小さな菩提寺《ぼだいじ》にあった。

高く澄んだ空にうっすらと飛行機雲が流れ、彼岸《ひがん》の近い菩提寺には秋の気配が漂っている。

紀州《きしゅう》と一緒に手を合わせ、値賀《ちか》はまた来ますね、と心の中で話し掛けた。

紀州とつき合うことになったのが夏前で、あっと言う間に九月になった。

あのあとすぐ、紀州の亡くなった恋人の霊を降ろしたことは、姉にだけ打ち明けた。

有賀《ゆか》は驚いていたが、どこかでそういうこともありうる、と思っていたようだった。

「死んだおばあちゃん、値賀のこと、この子はきっと加賀《かが》さんだけどそれでつらい思いをしなきゃいいね、ってよくあたしに言ってたからね」

同じことがまたできるとは思えないが、有賀は「そのほうがいいよ」と言っていたし、値賀自身もそうなんだろうな、と思っている。

「そんなわけで、俺は一生ただの寝ぼすけでいると思います」

紀州に報告すると「それでいいと思います」という返事で、値賀は相変わらずたくさん眠るが、「値賀ちゃんの寝てるとこ、可愛くてほんと好き」と恋人が喜んでくれるので、もう悩まないことにした。

紀州とは順調そのものだ。いろいろ相談して、来年には二人でずっと暮らすのにちょうどいいマンションを借りることになった。真面目な彼はきちんと両親に挨拶《あいさつ》をしてくれ、有賀にも「あれはいい男だと認めざるを得ないな」というお墨付《すみつ》きをもらった。先のことは未定だが、焦らないほうがいいよ、という紀州のアドバイスもあって、とりあえずバイトをしながら、値賀は今度こそ慎重に方向性を決めるつもりだ。大学進学のときは「そのうち睡眠時間も減るだろう」という根拠のない楽観的な見通しから安易に進路を決めた。結果、迷走して自滅した。

自分にできることと無理なこと。頑張ることとあきらめること。焦らず、ひとつひとつ積み重ねていくつもりだ。

「いい天気だね」

「ほんとに秋晴れですね」

菩提寺から駅の近くまでは田舎道で、かろうじて舗装《ほそう》されてはいるものの、両脇は雑木林《ぞうきばやし》だ。並んで歩いていると、すいっととんぼが目の前を横切った。思わず足を止めると、紀州も目で追っていた。

とんぼはすい、すい、と二、三度二人の前を往復すると、雑木林に消えて行った。

「あれは、ただのとんぼです」

値賀が言うと、紀州が瞬《まばた》きをした。頑固な現実主義者だったぶん、あのときのことは相当な驚きだったようで、紀州は未だにこうしてちょっとしたことに反応する。

「そうだよな」

原口はもういない。それははっきり断言できた。言葉では説明できないが、値賀にはわかる。祖母の賑《にぎ》やかな夢も見なくなった。さみしいけれど、きっとそれでいいんだと思う。

紀州が値賀の手を探して握ってきた。

「なにか食べていこうか」

優しい声に、値賀も恋人の手を握り返した。

「いいですね」

涼しい秋の風が頬をかすめる。

原口はもういない。

でも値賀は「応援ありがとうございました」と心の中でお礼を言った。

そして、ここから先は自分たちだけで頑張っていく。生きてる二人で頑張っていく。

とんぼは叢《くさむら》に消えて行き、青い空にすうっと流れる飛行機雲だけが残った。

あとがき

AFTERWORD

—安西リカ—

こんにちは、安西《あんざい》リカです。
ディアプラス文庫さんから十二冊目の本を出していただけることになり、十二、という数字にちょっと自分で驚いています。こんなに本を出していただけたのは、ひとえに読んでくださる読者さまのおかげです。いつも本当にありがとうございます…！

今回は年の差で、かつ年上攻です。
私は読むぶんにはほとんど地雷もなく、なんでもこいの雑食《ざっしょく》なのですが、書いて楽しいのは圧倒的に同級生と年下攻です。なので、少し前に雑誌の特集で「年の差で、かつ年上攻」というお題が出されたときも、年の差で思いつく話がことごとく年下攻になっていくのに我ながら根深い…と唖然としました。ひとまわりくらいの差だと余裕で年下が攻になるので、どんどん年齢差が大きくなって、結局十八歳と三十九歳というかなりの年齢差になってようやく脳内の年下君が「まあ、相手がそこまで年上さんなら」と納得してくれました。どうなることかと不安だったのですが、書いてみると案外楽しくて、ついでに「経験のない若い子に手を出す年上のおっかなびっくり」と「及び腰の年上にじれて無自覚に挑発しまくる年下」という新たな萌えにも開眼《かいがん》しました。

もしご興味持ってくださいましたら「ふたりでつくるハッピーエンド」というタイトルですので、手にとってやってくださいませ。

今回はその萌えに加えて「いつもは優しくて包容力のある攻がベッドではそうでもなくて、それにドキドキする初心《うぶ》な受」を心ゆくまで書くことができました。これも年の差があるほうがぜったいに萌えだ！　と主張したいです。

毎回あとがきで勝手な萌え語りをしてしまうのですが、リアルにＢＬをたしなむ友人がいないもので、可哀想なやつだな…と思ってお許しください。

イラストはカワイチハル先生にお願いすることができました。

ずっと前からカワイ先生のやさしい絵柄が大好きだったので、担当さまからカワイ先生にお願いできるとお聞きして、とても嬉しかったです！

穏やかな紀州《きしゅう》さんときれいな値賀《ちか》ちゃんが眼福《がんぷく》この上なく、ラフをいただいてうっとりしました。

またいつかカワイチハル先生に挿絵《さしえ》をお願いできるように徳を積みたいと思います…。

いつも私の拙《つたな》い初稿をなんとかしてくださる担当さまはじめ、刊行にお力を貸してくださったみなさまにも心からお礼申し上げます。これからも頑張りますので、どうぞよろしくお願いいたします。

最後になりましたが、ここまで読んでくださった読者さま、本当にありがとうございました。これからもマイペースで小粒な萌えを追求していきたいと思っていますので、どこかで見かけて気が向かれましたら、ぜひまた手に取ってやってくださいませ。
どうぞよろしくお願いいいたします。

安西リカ

スリーピング・ハニー

紀州《きしゅう》の若い恋人は、よく眠る。

それはそれは気持ちよさそうに、幸せそうに、たっぷり眠る。

値賀《ちか》の寝ている姿は、とにかく可愛い。横臥《おうが》の姿勢で手足を縮《ちぢ》め、ときどきかふ、と息をもらして耳のあたりをちょいちょい触ったり、口元をふにゃっとゆるめたりする。起きているときの値賀はどうかすると凄《すご》みのある美貌《びぼう》の持ち主なので、よけいにその無邪気な眠りが愛《いと》おしかった。

つき合うようになってすぐに寝心地のいいマットレスを買ってロフトに仕込み、値賀が泊まりに来るたびにそこで一緒に眠っているが、ロフトだと値賀が寝ているところをすぐに眺められない。だから今の紀州の一番の関心事はベッドを置ける広い部屋への引っ越しだった。来年には一緒に暮らす約束をしていて、今はせっせと物件情報を集めている。

「値賀ちゃん」

土曜日の遅い朝、紀州は一通り家事を済ませてからロフトの梯子《はしご》に足をかけてそっと値賀に声をかけてみた。

「んうー」

昨夜は少し遅い時間に東京に来て、外で食事をしたらもう時間切れで、値賀はシャワーもそこそこに寝入ってしまった。おかげでキスもしていない。

「もうすぐ十時になるけど、まだ寝るの？」

「むん…」

ちょんと背中のあたりをつつくと、むにゃむにゃと手足を動かす。紀州はふふっと笑って頭を撫でた。

「そっか。じゃ、おやすみ」

「むん…」

紀州はロフトの枠《わく》のところに肘《ひじ》をついて、しばらくその平和な寝姿を眺めて癒《いや》された。

そうしていると、自然に昔の恋人を思い出してしまう。

原口拓海《はらぐちたくみ》とは、大学四年の春からつき合いだして、別れたりよりを戻したり、さんざん修羅《しゅら》場《ば》を重ねて、最悪な形で幕引きをした。

もっと話し合うべきだったんじゃないかとか、最初の段階できっぱり別れるべきだったんじゃないかとか、何度も何度も考えて、未熟だった自分をとことん責めた。

拓海が住んでいたこの部屋に引っ越しすることには、関係者全員に反対された。でも強行した。あとから考えて、自分で自分を追いつめて罰したかったのだろうと思う。

友人たちの支えと、新しい職場と、なによりも時間のおかげで少しずつ落ち着きを取り戻し、拓海の三回忌《さんかいき》が過ぎるころ、ようやく紀州は「仕方がなかったんだな」と思えるようになった。結局、どんなルートをたどったとしても自分たちはうまくいかなかった。惹かれ合ったことも、ぶつかり合ったことも、ぜんぶ避けようのないことだった。

消耗戦《しょうもうせん》のような恋愛だったが、その結末も含め、紀州はそれも自分の人生だと受け入れた。この先自分は一生一人だ、という覚悟とともに。

「…本当に、びっくりだ」

それなのに、今、自分の寝床には値賀がいる。ゆっくり上下するお腹と、笑っているような寝顔に、紀州も自然に笑顔になった。

値賀は、突然空から落ちてきた天女みたいだと思うことがある。祈禱装束《きとうしょうぞく》をつけたまま、わぁっと紀州の腕の中に落ちてきたイメージだ。そして「あなたの死んだ恋人は、いいかげん俺のこと忘れてって言ってますよ！」と教えてくれた。

あれには心底驚いた。

そして紀州は静かな諦念《ていねん》から息を吹き返した。

一緒に暮らそうと約束したあと、紀州はけじめをつけなくては、と値賀の実家に挨拶《あいさつ》に行った。そのとき、値賀の姉と二人だけで話す機会があった。

値賀は年の離れた姉をとても慕《した》っているが、それは有賀《ゆか》のほうも同様で、改めて「値賀をよろしくお願いします」と頭を下げられた。

「姉の立場でこんなこと言うのはおかしいかもしれませんけど、値賀は本当にいい子なんです。私はちょっと人とは違う能力があって、子どものころはそれが重荷で、でも値賀がいつもその重荷を半分持ってくれようとしてたんですよね…。私はそれでずいぶん救われました。だから、値賀が今あんなに幸せそうにしてて、私、すごく嬉しいんですよ。紀州さんのおかげです。ご存じだとは思いますけど、あの子はすごく眠っちゃうんで、いろいろご迷惑かけるかもしれませんが、どうかよろしくお願いします」

値賀を託《たく》すに足りる男だと認めてもらえたようでありがたかったし、その信頼に応《こた》えなくては、と決意を新たにした。

「値賀ちゃんがいつでも思う存分眠れるように、誠心誠意努力します」

紀州が言うと、有賀は「政治家の演説みたい」と笑っていたが、紀州はひそかにそれをこれからの人生の目標にしよう、と思い決めた。

なにより値賀が安らかに眠っているのを見るのは、紀州にとっても喜びだった。

「ん。あー」

値賀が身じろぎをして、薄く目が開いた。

「あれ、紀州さん…?」

ぱちぱち瞬《まばた》きをして、値賀はようやく目を覚ました。両手で目をこすって、もぞもぞ起き上がる。

「何時ですか…？」

梯子に足をかけてロフトを覗き込んでいた紀州の肩越しに、値賀は壁掛けの時計を見て「わ」と小さく叫んだ。

「えっ、えっ、うそ。もう十時半？　俺、えっと、じゅ、十二時間近く寝てる？」

昨夜ロフトに上がった時間を思い出してあたふた慌てている。紀州はロフトに上がって、値賀を背中から抱き寄せた。居室《きょしつ》も水回りもコンパクトな部屋だが、ロフトだけはゆったりと広い。おかげであぐらをかいた膝の上に、ひょいと値賀をのせることもできた。

「もしかして、もう家事とか終わっちゃってますか…？」

値賀が肩越しに振り返り、おそるおそる訊いた。

「家事ってほどじゃないけどね」

あ～…と値賀は脱力した。

「俺、紀州さんのそばだと、いつもよりさらに寝ちゃうみたいなんです。なんでだろ。安心するのかなあ」

紀州の胸に頭を預け、値賀は困ったように呟いた。

「よく寝るのはいいことです」

「あ。でも、もしかして」

値賀がごそごそ身体を正面に向けた。

「紀州さん、俺が寝てるとき、えっちなことしてるでしょう!」

思いがけない糾弾《きゅうだん》と、その期待した顔に紀州は噴き出した。

「しなきゃだめだった?」

「してないんですか?」

値賀ががっかりした。

「ごめん、値賀ちゃんの寝てるところはすごく可愛いけど、セクシー要素はあまり見出《みいだ》せなかった」

言いながら、ちゅ、と一回キスをして、そのまま値賀のほうに体重をかけると、値賀は簡単にころんと後ろに転がった。

値賀はだいぶキスに慣れた。上唇《うわくちびる》を舌先でめくると、大喜びで甘い舌が差し出される。

「紀州さん」

値賀の両手が首に回ってきて、若い恋人は内緒話をするように耳元に口を近づけた。

「もうそろそろ本気出してもいいですよ?」

「なんのこと?」

本当はわかっていたが、紀州はわざと訊き返した。値賀はさらに声をひそめた。

「俺がついていけないだろうって手加減してくれてるんでしょう? 目隠しくらいならぜんぜん平気です。手も、縛《しば》りたかったら縛っても…」

その真剣な表情に、また噴き出しそうになった。実際のところ、紀州はかなり我慢しているし、自分たちの性嗜好《せいしこう》が一致しているのも間違いないと思う。でも値賀に無理をさせるつもりはぜったいになかった。

「そういうのは、値賀ちゃんが本当にそうされたいと思うようになってからね」

「え、でも俺は本当にいいのに、…あっ」

ハーフパンツの中に手を入れられただけでぴくんと身体を強張《こわば》らせる値賀が可愛い。

「あっ、あ…ぁん」

若い子は体温が高いなといつも思う。あっという間に熱くなって、値賀はぎゅっと目を閉じた。

「紀州さぁん…」

「なに?」

舌をほしがっている唇に軽いキスだけすると、値賀がじれったそうに目を開けた。

「もー…、意地悪」

値賀はぜんぜんわかっていないが、昔だったら泣かせていたなと思うところを、今はちょっとからかうだけで、ひたすら甘やかしているのだ。

「早くベッドを買いたいな」

さっきまでくうくう眠っていたのに、と平和な寝顔を思い出して呟くと、値賀はぱっと目を輝かせた。

「もー、紀州さんのえっち」

何を想像したのか、値賀は照れ笑いをしてしがみついてきた。その顔があまりに嬉しそうだったので、紀州は笑いをかみ殺し、ベッドを買いたい理由は言わないでおいた。

「値賀ちゃん」

引っ越しをしてベッドを買って。

たくさん眠る恋人を甘やかしたい。でも本当に甘やかされているのは自分のほうかもしれなかった。

「紀州さん、大好き」

値賀の腕が背中に回ってきて、紀州はその温かさに目を閉じた。

この本を読んでのご意見、ご感想などをお寄せください。
安西リカ先生・カワイチハル先生へのはげましのおたよりもお待ちしております。

〒113-0024　東京都文京区西片2-19-18　新書館
[編集部へのご意見・ご感想] ディアプラス編集部「眠りの杜の片想い」係
[先生方へのおたより] ディアプラス編集部気付　〇〇先生

- 初出 -
眠りの杜の片想い：書き下ろし
スリーピング・ハニー：書き下ろし

[ねむりのもりのかたおもい]
眠りの杜の片想い

著者：安西リカ　あんざい・りか

初版発行：2018年11月25日

発行所：株式会社 新書館
[編集] 〒113-0024
東京都文京区西片2-19-18　電話（03）3811-2631
[営業] 〒174-0043
東京都板橋区坂下1-22-14　電話（03）5970-3840
[URL] https://www.shinshokan.co.jp/

印刷・製本：株式会社光邦

ISBN978-4-403-52469-1